KB180887

한국 희곡 명작선 147

빌미

한국 희곡 명작선 147

빌미

최원석

평민사

죄
원
석

빌
미

등장인물

최명광 : 정년퇴임을 앞둔 교수
강순옥 : 최명광 교수의 부인
최승연 : 최명광 교수의 딸 – 대학원생
김철수 : 펜션 관리인
정애란 : 김철수의 부인
김하늘 : 김철수의 아들 (김천국의 아명) – 승연의 소꿉친구
진성필 : 승연의 약혼남 – 대학교 시간강사

무 대

서울에서 한두 시간쯤 거리에 있는 최명광, 강순옥 부부의 펜션. 펜션이 위치한 자그마한 섬은 삼림이 매우 울창하고 그 주변으로 얕은 샛강이 감싸고 흐른다. 섬 안에는 최 교수가 운영하는 또 다른 여러 채의 펜션이 있는데 이 동네에 거주하는 김철수, 정애란 부부가 맡아 관리하는 중이다. 펜션은 도시의 인공성을 최대한 배제한 듯 원목을 주재료로 사용한 건물이다. 널찍한 1층 야외 테라스가 건물 외벽에 붙어있는데 주로 이곳에서 사건이 벌어진다. 건물 외벽의 주방 바깥문을 통해 실내로 드나들 수 있고 이외에 커다란 연못, 정원, 창고 등으로 이루어져 있다. 테라스 지붕 아래 매우 낡은 업라이트형 피아노가 놓여있고, 높다란 지붕의 한쪽 부분이 통유리창으로 구성되어 있어서 외부의 빛이 가끔씩 이곳을 통해 들어오기도 한다. 이따금 다른 펜션에서 치는 피아노 물소리, 새소리 등 각종 자연의 소리와 섞여 은은하게 들려온다.

제1막

정오 무렵. 주방, 테라스 등을 돌아다니며 매우 익숙한 솜씨로 펜션 전체를 점검하는 김철수와 정애란. 점검을 모두 마친 애란은 주방 안에 있는 화장실로 들어간다. 철수는 창고로 가서 골프채를 가져와 휘두른다. 잠시 후 세면대에서 수돗물 트는 소리와 변기에서 물 내려가는 소리가 함께 들린다.

철수 뭘 그렇게 꾸물거려? 늦으면 업체 애들한테 욕먹어.

애란 (안에서) 지금 나가. 그만 좀 보채.

철수 (주방 쪽에서 나오는 애란을 보며) 내 폼 어때?

애란 되지도 않는 거 연습하지 말고 이름이나 다시 한 번 외워 봐. 괜히 지난번처럼 실수하지 말고.

철수 알았어. 당신도 실수하지 마.

애란 당신 이름?

철수 박경택. 당신 이름은?

애란 한혜숙. 신부 이름?

철수 박영희.

애란 (철수가 들고 있는 골프채를 빼앗는다)

철수   왜? 틀렸어?

애란   (철수의 머리통을 쥐어박으며) 이런 돌대가리! 박영희가 아니고 박윤희다, 박윤희.

철수   아, 내가 착각했다. 박윤희.

애란   신랑?

철수   이승진.

애란   (갑자기 큰 소리로) 뭐라고?

철수   좀 살살 말해. 빨리 보청기 바꾸라니까.

애란   니미럴, 돈 있으면 벌써 바꿨지. (귀에서 보청기를 빼내어 흔들다가 손바닥에 놓고 두드린다) 들렸다 안 들렸다 씨벌 이놈의 게 이제 아주 미친년 널뛰기를 해버리네이. (보청기를 다시 귀에 꽂는다)

철수   시끄러워서 당최 살 수가 있나.

애란   됐다. 이제 좀 들리네. 방금 누구라고 씨부려 쌌냐?

철수   이승진!

애란   맞었어, 헷갈리지 마라. 그러니까 오늘 결혼식 하는 신부년 이름은 박윤희, 신랑 놈은 이승진이다. 신부 엄마 한혜숙. 신랑 장인?

철수   박경택. 그깟 이름 하나 못 외울까봐. 누굴 등신으로 아나.

애란   너 지난 번 결혼식장에서 하객들한테 진짜 네 이름 말했잖아. 신부 애비 김철수라고. 그때 신부 이름이 오혜림이었어. 지애비랑 성이 다른 딸이 어디 있니? 완전 산통 깰 뻔했다고. 기억 안 나?

철수 그날 결혼식이 유난히 사람이 많았어. 괜히 내가 덩달아 흥분했다니까.

애란 흥분을 왜 해, 왜? 네가 진짜 신부 애비도 아니면서?

철수 그때 그 신부했던 년이 사기를 얼마나 잘 치던지 내가 그냥 넋이 나가버렸어. 이런 년 만나면 거덜 나겠구나 그런 생각하다 나도 모르게 내 이름이 그냥 툭 튀어나왔다니까.

애란 오늘도 그날처럼 실수하면 이번엔 어영부영 넘어가지도 못 해.

철수 설마 내가 또 그럴까봐.

애란 (골프채로 철수를 쿡쿡 찌르며) 정신 똑바로 차리라고. 당신 때문에 우리 좋은 알바 자리 짤릴 뻔했다.

철수 걔들이 우릴 자를 것 같아? 결혼식 알바 연기를 우리보다 잘 하는 사람들이 어디 있다고.

애란 내가 잘 하는 거지, 당신이 아니고 내가. 당신 사고 친 거 뒤치다꺼리하느라 내가 그날 정신이 한 개도 없었어. 알어? 이번엔 제발 똥마려운 강아지처럼 들락날락 하지 말고 의젓하니 편안하게 딱 앉아있어.

철수 나이 먹어 그런가 요즘 그게 잘 안 되네. (휴대폰 카메라를 조작하며) 노가리 한 번 까려면 머릿속이 그냥 허애져버려.

애란 뭔 남자가 간이 그렇게 콩알만 허당가?

철수 업체에 보낼 인증샷 찍게 이리와, 옆에 서. 나도 어렸을 땐 정말 용감무쌍했었는데. 깡패 새끼들 한방에 다 갈겨버리고 정말 죽여줬었다.

애란 흰소리 그만하고 연습 한번 해봐. 최 교수 생각하면서.

철수가 해보려는 순간 하늘이 투덜거리며 들어온다.

하늘 엄마, 엄마! 이 집 진짜 이상해. 다른 펜션은 다 잘 터지는데 왜 여기만 안 터지냐고? (휴대폰을 보이며) 이거 봐봐. 어우, 대체 여기 왜 이런 거지? 아빠, 여기 휴대폰 좀 터지게 해봐.

철수 나 그거 못하는데. 지난번 왔던 기술자들도 못 고치고 그냥 갔잖아.

하늘 아빠가 돼서 것도 못하냐.

애란 그만 만지작거리고 너 이리와 앉아서 아빠 하는 거 보고 얘기 좀 해줘.

철수 자, 다들 봐봐. (연습한다) 그간 무탈하셨죠, 사돈어른? 오늘 참으로 고상해 보이십니다. 이런 사돈 분과 오늘과 같은 인연을 맺게 돼서 전 그저 영광일 뿐입니다. 어때? 괜찮아, 좀 비슷했어?

하늘 우워, 우리 아빠 짱!

애란 지금 했던 반만큼만 결혼식장 가서도 꼭 혀라.

철수 걱정하지 마. 연습을 이렇게 많이 했는데 설마 틀리겠어. 당신 아이디어가 아주 굳이야.

애란 갑자기 뭐가?

철수 결혼식장 가기 전에 여기 들러서 최 교수 흉내 내보자고

한 게 당신 아이디어잖아. 아주 좋아. 당신도 최 교수 와이프 생각하면서 연습 한번 해봐. 내가 봐 줄게.

하늘 엄만 안 해도 돼. 호호, 아빠만 더 연습하면 돼.

철수 하긴. 네 엄마 남 흉내 내는 거 보면 꽤나 소질이 있어 보여. 나 만나지 말고 영화배우를 했어야 했는데.

하늘 영화배우 아무나 해? (철수의 등을 손으로 쿵쿵 내리치며) 빽, 빽!

철수 아이구 아이구, 아휴 아파, 아휴 아파! 그만 때려!

하늘 (철수의 손을 잡으며) 팔씨름 이기면.

철수가 하늘에게 이끌려 탁자를 사이에 두고 마주 앉아 어쩔 수 없이 팔씨름을 벌인다.

하늘 시작!

철수 (안간힘을 쓰며) 으랏차차차!

하늘 힘 좀 써봐! 할아방구야!

애란 (철수의 머리를 툭 치며) 이게 왜 이리 비리비리 해졌을꺼나?

철수가 간신히 버티려 하지만 팔이 곧 바닥에 닿는다.

철수 아, 이젠 도저히 안 된다, 안 돼.

애란 옛날에 김철수 어디 갔어? 걸핏하면 다 때려 부수고 그랬었잖아.

하늘 엉. 날 제일 많이 때려 부쉈어.

철수	내가 언제?
하늘	졸라 거짓말! 난 네가 옛날 옛적에 한 일을 알고 있다, 오빠.
철수	글쎄 내가 뭘 어쨌다고 그래?
하늘	엄마, 아빠 좀 패 봐. 우리한테 완전 쌩 까는데.
철수	(옆으로 슬쩍 비켜서며) 생각났다. 내가 가끔 그랬던 것 같기도 하네.
애란	꼴 좋다, 꼴 좋아. 네 업보인 줄 알고 쥐죽은 듯 사셔.
하늘	엄마, 오늘까지 내가 몇 번 이긴 줄 알아? 87전 87승. 복수다, 복수, 우하하하! (애란을 번쩍 들어 헹가래를 친다)
애란	피는 못 속인다고 했는데 네가 누구 닮아서 이 모양이냐.
하늘	난 아빠 닮았나봐. 얼굴도 그저 그렇고 힘만 졸라 세. 크하하! 엄마 닮았으면 난 벌써 영화배우 됐을 거야. 바보 연기는 나만큼 잘 할 사람 아무도 없을 걸. 그치, 그치?
철수	맞다, 맞아. 네 엄마 반만 닮았어도 하늘이 넌 벌써 영화배우 됐을 거다.
하늘	아니야, 아니야. 난 영화배우 절대 안 돼. 난 거짓말 같은 거 하면 심장이 막 벌렁벌렁 거려. 엄마, 난 우리 천국치킨에서 닭 튀기는 게 정말 즐거워. 치치지직, 크크크! 이게 내 팔자인가 봐.
철수	젊은 놈이 웬 팔자타령? 앞으로 거기 때려치울지도 모르니까 뭐하고 살 건지 하늘이 너도 잘 생각해 놔둬.
애란	때려치우기는 왜 때려치워? 벽에 똥칠할 때까지 해야 돼.
하늘	맞다. 최 교수님이 우리더러 치킨집 나가라고 했다며?

애란 오늘 최 교수 여기 오면 장사 더 할 수 있게 해달라고 내가 꽉꽉 구워 삶아볼게. 너 내 실력 알지?.

하늘 내가 옛날에 그거 하지 말자고 그랬잖아. 똥식이네 알지? 똥식이. 걔네 아버지도 퇴직금으로 치킨집 차렸다가 쫄딱 망했데.

철수 코딱지만 한 읍내에 치킨집이 그렇게 많이 생길 줄 누가 알았나. 권리금 날아가고 보증금 날아가고 이게 대체 손해가 얼마야.

애란 거기서 개털로 쫓겨나면 옛정이고 뭐고 다 필요 없어. 너 죽고 나 죽고 그냥 다 끝장나는 거야.

철수 사람 참 극단적이기는. 그동안 별 일 없이 잘 살아왔잖아. 앞으로도 잘 살 거야. 지레 걱정하지 마. 이따 오후에 최 교수네 식구 왔을 때 그때 내가 확실하게 단도리하면 돼. 나하고 최 교수랑 안 지가 벌써 삼십 여년이 넘었는데 그걸 하나 안 해주겠어. 내가 계약연장 할 수 있다니까. 어서 나가보자고. 더 어물거리다 결혼식장 늦겠어. (정원으로 향한다)

애란 주방 거쳐 나가자고. 저쪽에 내 가방 있어. 챙겨 나가야제. (나가면서) 우리 댕겨올 텡게 혹시라도 최 교수네 오면 편안히 모셔드려. 알겠지?

하늘 내가 그깟 것도 못할까봐.

애란, 철수 주방을 통해 밖으로 나간다.

하늘 (휴대폰을 만지다가) 똥식이냐? 어, 어. 이거 왜 또 안 돼?

하늘은 휴대폰을 쳐든 채 이곳저곳 돌아다닌다. 사이. 근처에서 지저귀는 새소리가 들린다. 얼마 후 현관 출입구 쪽에서 최승연이 투덜거리며 들어온다.

승연 여보세요, 여보세요! (휴대폰을 보며) 이게 왜 갑자기 안 돼?

테라스 바깥쪽에 있던 하늘이 휴대폰을 만지작거리는 승연을 발견한다.

하늘 (들어오는 승연을 보며) 혹시 너, 승연이… 세요?
승연 야, 하늘아! 뭘 모르는 사람처럼 말해? 못 본 지 얼마나 됐다고?
하늘 너무 많이 예뻐져서 못 알아봤어.
승연 뻥 치고 있네.
하늘 군대 가기 전에 마지막으로 봤으니까 이게 얼마만이야? 한 칠팔 년 됐나?
승연 너 옛날보다 훨씬 씩씩해 보인다, 애. 군대 다녀와서 그렇구나?
하늘 아니야. 난 신병교육대에서 면제 받고 그냥 집에 왔어. 으허허허! 부적응 어쩌고 하는데 뭔 소린지 잘 모르겠더라고. 하여튼 군대 못 갔어.

승연	완전 신의 아들이네. 땡 잡았다, 너. 아무튼 오늘 다시 봐서 참 다행이다. 하마터면 다신 못 볼 뻔했어.
하늘	왜?
승연	내가 며칠 후에 유학 가거든.
하늘	정말이야? 와, 좋겠다. 축하해. 우리 어렸을 때 네가 나 공부 가르쳐줬잖아. 내가 하도 빠가라서. 항상 전교 1등 하더니 결국 유학 가는구나. (불현듯) 어, 너 그럼 다신 안 와?
승연	아니야, 와. 잠깐 삼사 년 정도 갔다오는 거야.
하늘	그럼 다녀와서 또 보면 되겠네.
승연	당연하지. 사실 여기서 파티하기로 했거든. 뭐랄까? 유학 송별회. 너도 꼭 와야 해.
하늘	선물 사와야겠다.
승연	네가 선물이야. 그냥 와도 돼.
하늘	당근 내가 있어야지. 부모님들 언제 오셔?
승연	좀 이따가. 내가 준비할 게 있어서 먼저 왔어.
하늘	뭐?
승연	결혼할 사람 오기로 했어. 미리 좀 둘러보려고.
하늘	결혼해?
승연	음.
하늘	좋겠다. 부모님들 엄청 좋아하시겠다?
승연	아직 몰라. 오늘 부모님한테 처음 인사해. (손에 들고 있던 휴대폰 벨이 울린다. 전화를 받으며) 아, 성필 씨! 여기 전화가 잘 안 돼. 나도 모르겠어. 네, 알겠어요. 곧 그쪽으로 갈게요.

하늘	남자친구 맞지? 그 사람 허벌나게 좋겠다. 너처럼 예쁜 여자랑 결혼해서. 초딩이 때 너랑 결혼한다고 졸랐다가 우리 아빠한테 죽도록 맞았잖아, 크허허!
승연	나도 내 엄마한테 덩달아 혼나고. 그때 참 웃겼어.

먼 곳에서 간간이 피아노 소리가 들려온다.

승연	연주 솜씨가 피아니스트급인데. 누구야?
하늘	몰라. 가끔 저렇게 쳐대.
승연	(피아노를 살펴보며) 아휴, 저건 왜 아직도 안 버리고 저딴 데다 처박아 놨어? 궁상맞게.
하늘	저걸 왜 버려? 너 어렸을 때 치던 거잖아. 너희 엄마 아빠가 얼마나 좋아하시는데. 지금도 쳐?
승연	아니. 고등학교 가자마자 벌써 그만 뒀지. 난 원래 이쪽에 재능이 없었어.
하늘	난 네가 치는 게 진짜 좋았어. 너 따라 치고 싶었는데 우리 아빠가 저거 하면 죽여 버린다고 막 난리쳤잖아. 사내답지 못하다고.
승연	그때 같이 배웠으면 훨씬 재미있었을 텐데.
하늘	(잠시 피아노 소리를 듣고) 너 결혼한다고 축하해 주나보다.
승연	결혼 아직 안 했지?
하늘	어허허허! 나 같은 반푼이가 무슨 수로 결혼해?
승연	좋은 여자 만나서 꼭 예쁜 아기 낳아.

하늘	안 돼! 절대 안 돼! 나 닮은 애 나오면 나처럼 또 구박덩이 되라고.
승연	네가 어디가 어때서?
하늘	(자기 머리를 가리키며) 나 여기가 좀 떨어지잖아, 어렸을 때부터. 잘 알면서. 결혼할 분 무슨 일 해?
승연	선생님. 대학교 선생님.
하늘	똑똑한 분이겠구나. 보고 싶다.
승연	읍내 커피숍 같이 갈래? 주민센터 앞에. 거기서 기다리고 있는데. 지금 데리러 가야하거든.
하늘	그래도 돼?
승연	당연하지. 우린 죽마고운데. 하도 오랜만이라 길도 낯설고 그런데 마침 잘 됐다. 같이 가자.
하늘	와, 신난다!

멀리서 들리는 천둥소리. 비가 떨어지기 시작한다.

하늘	비가 또 쏟아지려고 그러네. 운전 괜찮겠어?
승연	뭘 이 정도 갖고. 운치 있고 더 좋아. 빨리 가자.

하늘과 승연, 현관 출입구 쪽으로 나간다. 번개 천둥소리에 이어 테라스 지붕을 깰 듯한 기세로 거센 비가 쏟아진다. 피아노가 거센 빗소리에 묻히면서 테라스 지붕에 부딪히는 빗소리가 요란하게 빈집을 울린다.

제 2 막

세찬 빗소리 점점 잦아들기 시작하더니 이윽고 벌레소리, 산새소리, 물 흘러가는 소리, 바람소리 등이 들려온다. 잠시 후 견지낚싯대와 어항을 든 최명광이 야외정원을 통해 테라스로 들어온다. 유려한 풍광에 흠뻑 취한 듯 별안간 아리아를 부른다.

명광　(피아노를 연주하며) 좋다, 정말 좋다! 천국이네, 천국!

양산을 쓴 강순옥이 피아노 선율에 맞춰 춤을 추듯 들어오더니 명광과 함께 흥얼거린다.

순옥　물안개가 어쩜 이래? 이렇게 아름다운 물안개는 처음이에요, 처음. 에이, 기분이다! (어항에서 가재를 꺼내 놓아주며) 잘 가라, 가재야! 오래오래 살아야 돼!

명광　그거 가재찜 쪄먹을 건데?

순옥　하늘이네가 훨씬 맛있는 거 많이 해줄 텐데 뭘.

명광　하하하! 당신 아주 행복해 보여.

순옥　응, 나 지금 날아갈 것 같아! 너무 홀가분해 그런가 봐. 서울에선 왜 그렇게 발발거리고 다니나 몰라? 글쎄 새벽부터 밤까지 한시도 가만히 있질 못하잖아요.

명광 할 일이 너무 많아 그렇지 뭐. 눈 뜨자마자 운동에 모임에 강의에, 당신 하는 일이 좀 많아. 내일까지는 아무하고도 연락하지 말고 푹 쉬어.

순옥 처음 오는 것도 아닌데 오늘따라 여기가 유난히 좋네. 여보, 당신 은퇴하면 우리 아예 여기 내려와 살까?

명광 안 돼. 여기 얼마 전에 부동산에 내놨잖아.

순옥 아 참, 그랬지. 내 정신 좀 봐. 오늘 여기 와보니까 그냥 팔기 좀 아깝다. 가끔 이렇게 오면 좋은데. 추억도 있고.

명광 전원단지 개발되면 거기 들어가 살자고. 거기가 좀 편해? 병원, 학교, 하다못해 쇼핑몰까지 주변에 없는 게 없잖아. 당신 그런 재미 없이 살 수 있어?

순옥 안 돼, 안 돼.

명광 거 봐. 당신은 서울에서 살아야 한다니까.

순옥 가끔 이런 데 오고 싶으면 어떻게 해?

명광 걱정 마세요, 강 여사님. 삼성동 전원단지 안에 훨씬 더 좋게 다 만들고 있습니다. 어디 그뿐인가? 거기 땅값도 계속 오를 걸. 이쪽 오르는 건 그야말로 조족지혈이지.

순옥 당신은 참 노후대비도 꼼꼼하게 잘 해요.

명광 우리만 살고 마냐? 자손대대 살아야할 텐데 빈털터리로 죽으면 되겠어?

순옥 승연이만 좋게 생겼네. 그나저나 승연이 앤 언제 오려나?

명광 오기로 했으니 곧 오겠지. 자기 송별회 하는 날에 안 오기
야 하겠어.

순옥 여긴 휴대폰이 안 되니까 전화 걸어 언제 오는지 물어볼
수도 없고. 좀 답답하네.

명광 전화를 왜 해? 마음 비우고 있으면 어련히 올까봐. 아직
늦지도 않았는데 왜 괜히 조바심을 내?

순옥 승연이 얘가 요즘 좀 달라진 것 같아 그래. 두어 달 전인가
얼마 전에 생전 안 그랬던 애가 눈 똑바로 뜨고 우리한테
대들었잖아.

명광 어, 그랬었나! 뭐 때문에 그랬었지?

순옥 몰라. 하여튼 당신한테 무늬만 진보인 척한다고 했던 것
같은데, 아마.

명광 어허허, 그 녀석 참! 뭐 아직 커나가는 나이니까 아빠한테
뭔 말인들 못하겠어. 뭘 그런 걸 걱정해? 잡스런 걱정 그
만하고 내일까진 여기서 조용히 명상이나 즐기다 돌아가
십시다, 조용히. 당신 여기 펜션 이름 뭔지 알지?

순옥 침묵의 집.

명광 왜 침묵의 집인지 알아?

순옥 알아요. 휴대폰 안 터진 다음부터 엉터리로 갖다 붙인 이
름이잖아.

명광 엉터리라니? 내가 일부러 그렇게 바꾼 거야. 펜션 이름
바꾸고 나서 사람들이 훨씬 더 많이 찾아오는 것도 알
고 있어?

순옥 도대체 난 이해가 안 돼. 스마트폰 못 쓰면 진짜 불편할 텐데.

명광 뭐가 이해가 안 돼? 사람들도 이제 스마트폰에 지친 거야. 여기 이러고 가만히 있는 게 얼마나 좋아? 조용하고 이렇게 고즈넉하게 대화도 나눌 수 있고. (순옥의 발을 닦아주며) 우리 여보는 발이 참 예뻐.

순옥 간지러워!

명광 당신 여전히 섹시해! (순옥을 번쩍 안아 든다)

순옥 뭐해? 미쳤나봐! 어딜 가?

명광이 실내로 들어가려 하는데 철수 애란이 이 광경을 보고 급히 들어오다 멈춘다. 인기척을 느낀 순옥이 명광의 품에서 황급히 내려온다.

철수 한쌍의 원앙이로세, 원앙!

김철수와 정애란이 현관 출입구 쪽에서 잰걸음으로 들어와 정중히 인사한다.

명광 안녕하세요, 그간 별고 없으셨죠?

철수 별고는 무슨. 여긴 늘 똑같죠.

애란 교수님 맑은 공기 마시니까 힘이 불끈불끈 하신가배?

순옥 하늘 어머니, 짓궂으셔! 날이 갈수록 펜션이 더 예뻐지는 것 같아요.

철수 관리하면 이 김철수 아닙니까? 관리, 김철수! 생각보다 엄청 빨리 오셨네? 하늘이 여기 없었어요?

명광 네, 못 봤는데.

철수 에이, 이놈이. 교수님 오시면 잘 모시고 있으라니까 대체 어딜 간 거야?

순옥 젊은 애가 따분하게 여기서 우릴 왜 기다리고 있어요.

애란 오랜만에 오니까 어떠세요? 좋지요?

순옥 매일 와도 좋지요, 여긴. (지붕을 가리키며) 여기 테라스에 누워서 별빛 쏟아지는 걸 얼마나 보고 싶었다고요.

애란 사모님은 어째 나이 들수록 젊어지는 것 같아요. 곱기도 하셔라.

명광 하늘어머니도 이 사람 못지않게 아름다우십니다.

철수 하이고, 농담도 참 잘해서. 여기 살면 햇빛에 얼굴만 시커매져요. 쭈그렁 여편네한테 무슨 그런.

애란 그 양반 면박은 참. 누가 촌놈 아니랄까봐 멋대가리도 드럽게 없네. 멀쩡한 이름 놔두고 쭈그렁 여편네가 뭐야, 쭈그렁 여편네가.

철수 아이고, 미안허이, 우리 정애란 여사님.

순옥 하늘 엄마 이름은 정말 예뻐. 내 이름은 들을 때마다 왜 이렇게 촌스러운지 몰라.

명광 뭐가? 강순옥이 어때서? 좋기만 한데. 순옥이, 순옥이!

순옥 부르지 마, 아우, 촌스러워, 내 이름. 글쎄 승연이까지도 내

22

이름 갖고 얼마나 우스워했다고.

명광 어렸을 때니까 그런 거지. 요즘도 그런가 있다 오면 한 번 물어봐야겠군.

철수 승연이도 옵니까?

순옥 네. 오늘 여기서 송별회 하기로 했거든요.

철수 무슨 송별회?

명광 승연이가 얼마 있다 유학 떠납니다. 있다 승연이 오면 하늘이네 식구도 다 함께 해요?

철수 당연하죠. 승연이가 우리랑 어디 보통 사이입니까. 우리 빠지면 섭하죠.

애란 어렸을 적부터 전교 1등을 도맡아 하더니 기어코 유학을 떠나버리네이.

철수 멋져부러!

애란 유학이라면 어디 멀리 가는 거여요?

순옥 네, 독일.

철수 카아! 우리 하늘이가 승연이 반에 반 토막만 닮았어도 연고대 정도는 그냥 껌 씹듯이 가버렸을 텐데. 이놈은 왜 그리 공부를 못했는지.

애란 당신 닮아 그래.

철수 뭔 소리? 난 이래봬도 어렸을 때 천자문 교육 받은 사람이야. 천자문.

애란 하늘천 따지나 하셨겠지.

순옥 잘 하는 게 사람마다 다 달라요. 제 기억으로 하늘이는 어렸을 때 팔씨름대회에서 늘 일등하고 그랬어요. 맞죠?

애란 늘 하긴요, 몇 번 그랬었죠. 별 걸 다 기억하시네.

순옥 애들 어렸을 때 참 좋았잖아요.

철수 네, 같이 요 앞 개울가서 도랑 치고 피래미 잡으면서 재미지게 놀았지요.

순옥 우리 승연이가 피라미를 손으로 못 잡으니까 하늘이가 그걸 손으로 덥석 잡아서 바로 먹었잖아요. 승연이가 그걸 보고 기겁을 해서 울고. (웃으며) 그런 애들이 이제 다 컸어요. 벌써 스물여덟이나 돼버렸잖아요.

명광 나이만 먹었지 승연인 아직도 애에요, 애.

철수 우리 천국이도 똑같아요. 나 죽기 전까지 제대로 사람 구실이나 할런지.

명광 무슨 말씀을요, 하늘이가 얼마나 착합니까, 요즘 어때요?

철수 천국치킨집에서 열심히 닭 튀겨요. 저한테 농사일도 더 배우고 여기 관리도 착실히 배우고. 지가 뭘 어쩌겠어요.

명광 거기 요즘 장사가 좀 어떻습니까?

애란 지금은 좀 아닌데 앞으로는 좋아질 거래요. 장사 계속 할 수 있게 교수님께서 도와주시면 이 은혜 평생 잊지 않고 꼭 갚겠습니다.

순옥 여보, 거기 내놓지 않았어요? 읍내에 있는 그 4층짜리 건물?

애란 예, 뭐, 뭐, 뭐시어라?

순옥 (어리둥절하여) 어머! 깜짝이야! 갑자기 왜 큰 소리를?

철수   지 마누라가 귀구녁이 좀 불편해서리. (보청기를 흔드는 애란을 흘끗 본 후) 저, 최 교수님? 천국치킨 있는 읍내 그 건물 정말 내놓으셨나요?

명광   그러려고 생각 중입니다만, 더 손해 보기 전에 그만두는 게 어떻겠습니까? (사이) 지금까지 밀린 월세는 탕감해 드리겠습니다. 보증금이라도 챙기시는 게 훨씬 이익을 겁니다.

철수   보증금보다 가게 권리금이 원체 커서요. 그 가게 앞에 자동차전문대학만 다시 문 열면 제가 열심히 한 번 해보겠습니다. 권리금 다시 받을 수 있게끔 장사 잘 되게 만들 수 있습니다. 그간 밀린 월세 다 갚고 건물관리도 더 확실히 하겠습니다. 2년이면 충분합니다.

애란   (자기 말이 잘 안 들리는지 큰소리로 서울 말씨를 쓰며) 네! 이년! 이년! 저희 좀 살려주세요. 천국치킨 지금 그만두면 완전 개털 되어요. 교수님.

순옥   그렇게 해요, 여보? 그동안 살아온 정이 있죠.

명광   돈하고 인정이 섞이면 나중에 정말 난처해져서 그렇습니다.

순옥   두 분 아무 걱정하지 마시고 장사 계속하세요. 제가 승연 아빠 꼭 설득할 테니까 염려놓으셔도 되요.

애란   감사합니다, 사모님. 사모님만 꽉 믿겠습니다.

철수   (애란에게) 여보, 뭐해? 오늘 송별회 하시는데 음식 준비하지 않고?

순옥 그러지 않으셔도 돼요.

철수 무슨 말씀을? 그래도 송별흰데 음식이 쫙 깔려 있어야죠. 어서 가자고.

애란 네. 주방에 차 준비돼 있으니까 그거 드시면서 조금만 기다리고 계세요. 금방 준비해 오겠습니다.

철수, 애란 현관 출입구 쪽으로 부리나케 나간다.

명광 당신 어쩌려고 그렇게 큰소리를 쳐놔?

순옥 아니 그럼 저 사람들이랑 밤새 치킨집 얘기만 해요. 기분 잡치게.

명광 그 건물 넘기기로 벌써 구두계약 다 끝냈어. 나하고 신용거래하는 사람들이라서 아무리 구두계약이라도 물리기 힘들어.

순옥 누가 물리랬나? 계약 그대로 진행해.

명광 천국이네한텐 또 뭐라고 말해?

순옥 우리 집 변호사 시켜. 이런 문제로 말 섞으면 얼마나 번거로운데. 이 동네 다 정리될 동안 우린 첫째네 있는 캐나다에나 다녀오자고요.

명광 거 참 좋은 생각이네. 괜히 도망가는 것 같잖아. 잘못한 것도 없는데.

순옥 도망이라뇨? 당신은 정말 할 만큼 다 했어. 밀린 월세 다 탕감해주고 보증금 그대로 돌려주는 거잖아요. 어디 그뿐인가? 하늘 아빠 군제대하고 먹고살 길 막막하니까 여기 와서 자리 잡으라고 집까지 거저 줬잖아.

명광 군부대에서 한참 같이 고생했으니까 옛정 생각해서 해준 거지.

순옥 이렇게 좋은 주인이 세상에 또 어디 있어. 다른 데 가서 더 잘할 거니까 괜히 걱정 마.

명광 사람들이 더 야무져야 할 텐데. 거 왜 권리금 같은 걸 줘서 이 고생이야. 내가 줄 수도 없고 그렇다고 건물 구입할 사람한테 대신 내달랄 수도 없고 참 복잡하군.

순옥 여보, 그 건물 누가 사는 거예요?

명광 자동차전문대학.

순옥 정말 그 대학 다시 문 열어?

명광 응. 이번에 교육부 감사를 잘 통과했어. 우리 건물 사서 거기다 기숙사 새로 짓는 거야. 그래서 물리기가 더 어려워.

순옥 기숙사? 혹시 당신 학교 사람들하고도 연관 있는 거예요?

명광 부총장이 소개해줬어.

순옥 (좋아서 박수치며) 아유, 물리면 진짜 큰일 나겠네.

순옥이 명광에게 키스를 퍼붓고 있는 중 승연이 현관 출입구 쪽에서 들어온다.

승연 언제 오셨어요?

순옥 좀 전에. 너는?

승연	난 일찍 왔어.
명광	왜, 바람 쐬러? 유학 가려니 싱숭생숭하냐?
승연	아니에요. 송별회 같이 올 사람이 있어서 좀 일찍 왔어요.
순옥	누군데?
승연	결혼할 사람.
순옥	정말? 아니, 아무 말도 없다가 갑자기 얘가 참. 언제 와? 설마 오늘?
승연	음. 지금 여기 밖에 와 있어.
명광	어서 모셔. 손님을 왜 밖에 있으라고 해.
순옥	안 돼! 아빠 옷차림이 이게 뭐니? 큰일 났네! 우리 아무 준비도 안 했는데, 이걸 어째?
승연	괜찮아, 엄마. 이 정도면 다 준비한 거야, 뭘 더 준비한다고 해.
순옥	얘는 참, 집에 처음 오는 사람한테 이렇게 함부로 하는 거 아냐.
승연	오늘이 내 송별회 날이라 일부러 초대했지. 결혼 승낙 받으려고. 허락해주실 거죠?
순옥	얼굴도 한 번 안 보고, 누군지도 모르고 어떻게 허락을 해?
명광	승연이가 어련히 좋은 사람 만났으려고? 난 승연이 안목을 믿어. (주방을 통해 실내로 들어간다)
승연	역시 우리 아빠 최고! 정말 실망시키지 않을 자신 있어요. (현관 출입구 쪽으로 나가서) 빨리 들어와요.

순옥이 옷매무세를 만지는 사이 머리가 반쯤 벗어진 반백의 진성 필이 승연의 안내를 받아 현관 출입구에서 테라스로 들어온다. 하늘이 뒤쫓아 들어온다.

승연 (순옥을 소개하며) 인사드리세요, 진 선생님. 제 어머니세요.

성필 (긴장감을 감추지 않고) 안녕하세요, 사모님.

순옥 승연이 너 설마 하늘이랑 결혼하려고?

하늘 어어, 저 아니에요.

승연 이 분이세요, 어머니.

순옥 여보! 여보!

순옥이 다급히 실내로 들어가 명광을 데리고 나온다.

성필 안녕하세요, 교수님.

승연 아빠, 아는 사이시죠?

명광 진성필 씨?

성필 네, 저 진성필입니다, 선생님. 이게 얼마 만이에요? 한 이 십 년? 대학원 시절 정말 성심으로 가르쳐주셨는데.

명광 그랬었지요.

성필 못 뵌 지 너무 오래 돼서 혹시 선생님이 저 기억 못 할까 봐 조마조마했어요.

명광 내가 치매 걸린 사람도 아닌데 어떻게 진 선생을 모를 수 가 있습니까? 진 선생 보자마자 깜짝 놀랐습니다.

성필　미리 찾아뵙고 인사드렸어야 했는데 너무 늦었죠? 죄송합니다.

승연, 순옥에게 다가선다. 순옥은 말없이 돌아서 테라스 지붕 아래로 들어간다.

명광　아니에요. 제 딸아이 송별회에 오실 분이 아닌데 오셔서 좀 느닷없었습니다. 승연이 쟤가 아무 얘기 안 했나보군요?

성필　아닙니다. 두 분 부모님 자랑을 얼마나 많이 했는지 거의 외웠습니다.

명광　진 선생님한테 저희 식구 자랑을요? 음, 승연이가 아주 기특한 일을 했구나! 넌 진 선생을 어디서 처음 봤니?

승연　미래민주경제포럼에서요.

명광　그렇구나. 진 선생님 요즘엔 어느 학교에 계시는지?

성필　아직 여기저기 떠돌고 있습니다. 실력이 변변찮아서.

명광　그럴 리가? 지금 춘추가 몇이신데 시간강사를? 원 세상에 이런 일이! 이놈의 나라가 아직 진 선생님 실력을 몰라보나 봅니다. 이런 빌어먹을 놈의 대한민국! 안타깝기 그지없군요.

성필　과찬이십니다.

명광　여전히 겸손하시군요. 아무튼 제 딸아이 송별회에 일부러 이렇게 먼 길 와주셔서 감사합니다.

성필　이렇게 반갑게 맞아주셔서 너무 감사합니다. 사실 여기 오면서 승연 씨 부모님이 절 어떻게 맞을까 계속 마음 졸이고 있었습니다, 아버님.

명광   (미소 지으며) 아버님은 무슨, 그냥 선생님이지. 에, 뭐랄까, 아, 하늘아, 저기 주방에 가서 차 좀 가져다주련?

하늘   네. (주방으로 들어간다)

명광   진 선생 이렇게 오랜만에 뵈니 기분이 아주 괜찮군요. 대접해 드릴 건 없지만 차라도 한 잔 편안히 드십시오. 보성 지리산에서 나는 차보다 여기 차가 훨씬 더 좋습니다.

순옥   승연이 너 아직 저녁 안 먹었지? 주차 어디 해 놨니? 키 줘. 같이 마트 가서 너 좋아하는 것 좀 사오자.

성필   빗길이라 운전 위험해요, 어머니. 키 절대 드리지 마, 승연 씨.

하늘이 주방에서 다기 셋트와 찻잎이 들어있는 비닐봉투를 가져나온다.

하늘   저 여기 더 있어도 돼요?

명광   하늘이 너 지금 그게 무슨 소리니? 송별회 하는데 친구가 있어야지.

성필   (상냥하게) 좀 어색할 텐데 하늘 씨는 이만 가시는 게 좋지 않을까요?

명광   (하늘에게 다기를 건네받으며) 아닙니다. 우리도 하도 오랜 만에 이곳에 와서 하늘이가 어떻게 지내는지 궁금했어요.

하늘이 너도 우리 보고 싶지 않았니?

하늘   네, 맞습니다. 교수님.

천둥, 번개가 세차게 내리친 후 또다시 폭우가 쏟아지기 시작한다. 승연, 성필, 명광이 테라스 천장 아래로 피신한다.

명광   (다기와 찻잎을 차리면서) 찻잎이란 게 말입니다. 글쎄, 요 조그마한 모양 안에 여기 산세며 흙냄새에 공기 심지어는 햇빛 그을린 향기까지 몽땅 다 담겨있습니다.

성필   이런 걸 직접 재배하십니까?

명광   재배뿐인가요, 덖는 것까지도 제가 다 하죠. 인공비료를 하나도 안 쳐서 향이 무척 깊습니다. 돌아가실 때 꼭 가져가셔서 두고두고 우려 드세요.

순옥   그거 가지고 지금 조용히 돌아가셨으면 좋겠군요.

승연   어머니!

순옥   네가 결혼할 사람이 이 분이셔?

승연   네.

순옥   네? 네? 내가 지금 뭘 잘못 들은 거지, 쟤 지금 거짓말하는 거지, 여보?

명광   왜 그래요? 그냥 승연이 송별회 오신 손님이셔. 별 일 아니야. (나무 밑에서 비를 피하고 있는 하늘이에게) 하늘아, 너 어렸을 때 승연이 신랑 되고 싶어 했지?

하늘   아하하하! 기억나요. 제가 그런 적이 있었어요. 그때 어른들이 다 안 된다고 그래서 못했어요.

명광   너희 둘이 얼마나 친하게 지냈니? 미성년만 아니었으면 그때 내가 네들 결혼시켰을 거다.

하늘   정말이요? 아, 다시 그때로 가고 싶다. 승연이한테 장가 들게.

순옥   당신이 지금 하늘이하고 농담할 때에요?

명광   농담이라니? 나 지금 진지합니다.

순옥이 정원 바깥으로 휑하니 나가 버린다. 명광은 개의치 않고 다기에 차를 따른다. 사람들이 명광에게 찻잔을 건네받는 가운데 또다시 폭우가 쏟아지기 시작한다.

명광   술은 없지만 다 같이 건배합시다. 잔 드세요. 자, 우리 승 연이의 독일 유학을 위하여 건배!

명광이 폭우를 뚫어낼 듯 미친 듯이 아리아를 부른다.

제3막

폭우가 멈추고 해가 비친다. 명광이 창고로 들어가 족대를 가지고 나온다. 명광과 하늘이 연못으로 들어가 족대질을 한다.

명광	(차를 마시고 있는 성필에게) 진 선생님도 이쪽으로 들어오시죠. 이거 무척 재미있습니다.

성필이 승연에게 찻잔을 건네고 연못에 들어간다. 모두 화기애애하게 족대질을 한다. 물고기를 놓친 성필과 명광이 옷매무새를 정리한다.

성필	이런 곳에 살면 천식 같은 건 걱정하지 않아도 되겠어요.
명광	천식?
성필	제가 천식 때문에 공기에 무척 민감한 편이죠. 어쩔 땐 정말 숨쉬기도 힘듭니다.
명광	이런, 어쩌다가 그런 몹쓸 병에 걸렸어요? 예전엔 안 그랬던 것 같은데? 언제부터?
성필	갑자기 그렇게 됐어요, 갑자기.
명광	갑자기?
성필	네. 갑자기.
하늘	그 뭐야, 혹시 그, 가습기 썼어요? 그거 틀어놓고 자면 폐하고 기관지가 금방 다 개박살 나더라고요, 크허! 죽은 사람 엄청 많다고 얼마 전에 뉴스에 크게 나왔더랬는데.
성필	예전에 간혹 한두 번. 저도 그것 때문에 조금 걱정되긴 해요.
명광	그럼 역학조사라도 한 번 해보시지?
성필	설마 한두 번에 그렇게 됐을라고요.

하늘   설마가 사람 잡는다니까요.

성필   역학 조사하다 혹시라도 잘못돼서 유학 같이 못 가면 어떡합니까? 전 그게 더 무섭습니다.

명광   공부보다 건강이 더 소중한 겁니다.

승연   요즘 들어 미세먼지가 더 심해져서 그래요. 우리 거기 가서 천식 꼭 치료해요. 제가 아는 독일인 의사가 걱정 말고 오라고 했잖아요. 독일은 녹지대가 여기보다 훨씬 좋데요.

성필   고마워, 승연 씨. 아버님, 저희 독일로 떠나기 전에 여기서 며칠만 신혼생활 보내고 싶습니다. 가능하면 어머님도 꼭 모시고요. 괜찮죠?

승연   독일 일정만 허락되면 저도 꼭 그러고 싶어요.

명광   (크게 웃으며) 그건 네 할아버지께 여쭤보고 허락을 받아야 하겠구나.

성필   할아버지 계셨어요, 승연 씨?

승연   네. 얼마 전 돌아가셨습니다.

순옥이 정원 쪽에서 다시 들어온다.

승연   어머니, 많이 놀라셨으리라 생각합니다. 저도 잘 알고 있어요. 이 분과 결혼하려는 게 얼마나 힘든 일인지, 아버지 어머니께서 얼마나 상심하실지 충분히 알고 있습니다.

순옥   그럼 토 달지 말고 조용히 있다가 사라져.

승연   죄송합니다. 우린 그럴 수 없어요. 전 이 사람 없으면 못 살아요. 전 이 사람을 누구보다도 사랑합니다.

순옥 뭘, 어딜 그렇게 사랑하는데?

승연 전부 다. 진성필 선생님의 생각, 행동, 모습 전부 다. 그깟 나이 차이가 무슨 대수죠? 난 더 행복할 수 있어요.

순옥 하루는 행복할 수 있겠지.

승연 아니요. 우린 끝까지 행복할 수 있어요.

명광 행복은 네 선택과 의지만으로 결정되는 게 아니다.

승연 그럼 무엇으로 결정되죠? 권력, 돈? 그런 게 과연 진정한 행복을 담보할 수 있는 건가요? 엄마, 아버지 만나 정말 행복한 적 있어? 엄마가 느끼는 행복 그거 다 할아버지 돈으로 만든 거잖아. 엄마 스스로 만들어 낸 행복이 뭐가 있어?

순옥 너 지금 몇 살이야?

승연 스물여덟.

순옥 그럼 애가 아니잖아. 왜 이렇게 생떼를 쓰니?

승연 애가 아니기 때문에 이 사람 선택한 거야. 제발 내 선택을 존중해 주세요, 어머니!

순옥 만난 지 얼마나 됐어?

승연 처음 만난 건 삼년 전. 결혼을 약속한 건 반년 전이고.

순옥 너 지금 제 정신 아니야. 술 마셨니? 혹시 취해서 이러는 거야?

승연 아니. 나 멀쩡해.

순옥 대체 그럼 왜?

하늘 사랑에 취했나?

순옥 얻다 대고 사랑이야!

성필 (사이) 맞습니다. 이건 사랑 아니에요.

순옥 그럼 뭐지?

성필 운명이죠.

순옥 당신 내 딸아이한테 도대체 무슨 짓 한 거야?

성필 아무것도. 그저 바라만 봤어요, 어머니.

순옥 닥쳐, 어디서 어머니를 불러! 내가 네 수작 모를 것 같아?

성필 뭘요?

순옥 넌 승연 아버지한테 복수하러 온 거야. 사랑 빙자하지 마.

성필 제가요? 왜?

순옥 넌 오래전에 네가 강사로 있던 학교에서 교수임용을 거부
당했어. 그때 승연이 아버지가 주임교수였거든. 네가 표
절한 논문을 이 분이 찾아냈고 넌 논문표절시비에 걸려서
탈락했어.

승연 진 선생님은 그 사건으로 이미 많은 대가를 치렀어요. 학
계에서 쫓겨나기까지 했다고요. 하지만 그 논문표절사건
은 성필 씨가 한 게 아니라 오준택 교수가 벌인 협잡이란
게 나중에 밝혀졌어요. 누명을 쓴 겁니다.

명광 정말 그것 때문이라면 유감이군. 왜냐하면 그건 내가 한
일이 아니기 때문이다. 그저 난 교수협의회에서 결정된
사항을 통보한 것뿐이야.

성필 맞습니다. 최 교수님은 저에게 결코 그럴 분이 아니십니
다. 그리고 저 또한 최 교수님을 존경하고 있고 평생의 은

사로 마음속에 모시고 있는데 제가 어떻게 그런 복수할 마음을 갖겠습니까? 부탁합니다, 어머니. 제발 저희의 사랑을 그런 끔찍한 복수로 매도하지 말아주십시오.

승연 저흰 오직 순수하게 사랑할 뿐입니다. 다른 목적이나 의도 따위는 추호도 없어요. 어머니 아버지께 정당하게 인정받고 싶어서 오늘 특별히 제 환송회날 가족 모임을 택한 거예요.

순옥 복수할 거면 치사하게 애 끌어들이지 말고 저 사람한테 직접 해.

명광 복수라니? 승연아, 진 선생님 모셔. 즐거운 송별회날 그런 험한 말 하면 서로 피곤합니다. 그리고 이게 흥분할 일이 아니야. 진지하게 토론해 볼 문제라고. 사랑이란 게 매우 소중한 것이긴 하지만 그것이 지속가능하려면 어떠한 조건을 가져야 하는지에 대해서 승연과 진성필 씨 두 사람이 좀 더 깊은 이야기를 해 보아야 할 것 같은데.

순옥 무슨 얘기가 더 필요해? 얘기 들어서 그럴싸하면 결혼 허락하려고?

성필 전 얘기 다했습니다. 사랑은 설명하는 거 아니죠.

승연 아버지, 전 조건 필요 없어요.

명광 하늘이 너도 그러니? 요즘 젊은이들 생각이 다 그런 건지 궁금하구나.

하늘 전 잘 모르겠어요. 승연아, 진짜 사랑엔 나이 차가 이렇게 많이 나도 정말 괜찮아? 으허허, 대머리 아저씨랑 결혼해도 좋아?

승연 진정한 사랑은 그런 인식의 한계, 편견의 장벽을 뛰어넘을 수 있어야 돼.

하늘 무슨 소리 하는지 잘 모르겠지만 굉장하구나. 난 너처럼 못 할 것 같아.

성필 누구나 다 할 수 있어요. 진실한 사랑은 사람 겉모습을 따지지 않으니까.

순옥 승연이 너 계속 이럴 거면 차라리 하늘이와 결혼하는 게 훨씬 나아. 그게 저놈과 결혼하는 것보다 훨씬 상식적이고 설득력 있어. 알겠니?

명광 아무리 힘들어도 그렇게 감정적으로 홧김에 말을 뱉어버리면 하늘이 입장이 뭐가 돼? 미안하구나. 내가 대신 사과하마.

하늘 아니에요, 전 괜찮습니다. 이해할 수 있어요. 어쨌든 끼리끼리 살아야 서로 다 편한 법이니까.

성필 모든 사람이 다 그런 건 아니에요, 하늘 씨. 편견과 장벽을 깨부순 아주 적은 몇 사람으로 인해 세상은 진보해 왔어요.

하늘 그런 말들은 초딩이 도덕책에 나오는 거잖아요. 실제로 그런 어려운 말 들으니까 괜히 기분 나빠지려고 해요.

순옥 저놈은 사기꾼이니까. 하늘이 너한테도 그게 보이나보구나.

승연 어머니, 아버지! 이 분이 왜 범죄자 취급을 받아야 하는지 도저히 이해할 수가 없어요. 우린 사랑하는 죄 말고 아무런 범죄도 저지르지 않았어요. 저흰 오직 순수하게 사랑할 뿐입니다. 다른 목적이나 의도 따위는 추호도 없어요. 어머니 아버지께 정당하게 인정받고 싶어서 오늘 특별히 제 송별회날 가족 모임을 택한 거예요.

성필 그렇습니다. 우리에겐 사랑을 향한 순수의지 그것 하나밖에 없습니다. 이것을 거부당한다면 저희는 더 이상 이 세상을 살아갈 가치를 상실하게 됩니다. 아버님, 승연 씨와 제가 지속가능한 관계를 위하여 어떠한 조건을 충족해야 하는지 더 이상 무엇으로 증명해야 합니까? 만일 이 자리에서 증명하지 못하면 우린 결혼을 못하는 건가요?

명광 아마도 그렇지 않겠습니까? 결혼은 개인의 문제이면서 공동의 문제이기도 하니까.

성필 그렇다면 순서를 바꿔서 결혼 먼저 하고 증명할 순 없나요? 지속가능한 관계는 관계를 시작해야 시작하는 것이지 관계를 부정하고선 결코 이루어질 수 없어요. 승연 씨는 절 선택했고 공교롭게도 전 오래 전 저의 선생님이셨던 최 교수님의 따님이신 승연 씨를 선택했어요. 마치 운명처럼. 따라서 그 어떤 일이 있어도 우리 관계가 부정당할 수 없다는 건 명명백백합니다. 왜냐하면 사랑 그 자체는 결코 죄가 되지 않기 때문이죠. 모든 생명은 사랑할 권리를 부여받고 이 땅에 태어납니다. 저는 승연 씨를 사랑할 권리가 있어요. 승연 씨도 순수의지로 자신의 사랑을 선택할 수 있고요. 인생은 매 순간 이러한 사랑과 선택의 기로에 있습니다.

순옥 하! 승연이 너 겨우 이런 교활하기 짝이 없는 말주변에 놀아난 거야?

승연 난 적어도 내 의지로 인생을 결정할 수 있는 인간으로 성장했어요. 부모님께서 절 그렇게 키워주셨잖아요? 그렇죠? 전 부모님 뜻에만 의존하지 않고 저 홀로 서는 것이 옳은 인생이라고 생각해왔습니다. 제 스스로 행복을 찾아갈 수 있도록 도와주세요. 그렇다면 제 선택을 존중해주셔야 하는 거 아닙니까?

명광 인생은 행복만으로 꾸려지는 게 아니야. 그건 자기의 의지와는 관계없는 것들로 이루어지기도 하고 그 관계없는 것이 모여서 또 하나의 인생이 생겨나. 이것들 중 소중하지 않은 것은 하나도 없어. 반드시 결혼해야겠다는 너의 의지를 버린다고 해서 그것이 꼭 무가치한 일만은 아니다. 왜냐하면 삶의 현실과 우리가 꿈꾸는 세상이 같아질 수 있느냐는 현재라는 거대한 세계에서 판단해야 할 문제이기 때문이지.

성필 선생님께선 지금 사태의 본질을 회피하는 물 타기 전법을 사용하고 계시는군요. 오늘의 문제는 현실과 이상이라는 고리타분한 상투성이 아니라 인간에 대한 애정과 신뢰의 회복이라는 인간성의 문제입니다. 어서 이 결혼을 승낙하셔서 교수님의 모순을 극복하시길 바랍니다.

명광 궤변 중에 궤변입니다. 당신의 궤변을 인정하느니 기꺼이 모순을 범하겠습니다. 지금 이 사태의 본질은 당신의 노

욕으로 인해 창창히 개척해 나가도 모자랄 한 젊은이의 인생이 뿌리 채 썩어가고 있다는 사실입니다.

승연 인간의 선택은 인간의 권리라는 것을 아버지에게서 배웠어요. 그리고 그 선택의 순간에는 개인의 판단 이외에 그 어떤 강제도 있으면 안 된다고 아버지께서 늘 말씀하셨어요.

순옥 이런 막무가내가 선택이라고? 이건 그냥 협잡이고 광기일 뿐이야. 넌 지금 저놈에게 조종당하고 있어.

승연 날 조종한 건 진 선생님이 아니라 부모님이세요. 아버지는 여지껏 그 영민하고 냉철한 언변으로 제 눈을 가렸습니다. 하지만 이제는 아니에요. 진 선생님께서 제 눈을 열어주셨기 때문입니다. 전 이제 비로소 아버지를 올곧이 똑바로 볼 수 있게 됐어요.

명광 뭘?

승연 아버지 실체. (사이) 서 조교.

순옥 갑자기 그 케케묵은 얘기는 왜 꺼내?

승연 그 사람 결국 아버지 때문에 자살한 거예요.

명광 말도 안 되는 소리! 그 친구는 내 논문을 훔쳤다.

승연 아니요. 아버지가 서 조교 논문을 빼앗은 겁니다.

순옥 그건 이미 대법에서 무고죄로 판결났잖니?

승연 난 그걸 못 믿겠어.

명광 아버지도 못 믿고, 네 엄마도 못 믿고, 국가도 못 믿고, 그럼 네가 대체 믿는 게 뭐니?

승연 진실.

순옥	진성필 저 인간이 네 귓구녕에다 그렇게 속닥거렸니?
성필	귓구녕은 어머님 격조에 어긋나는 낱말입니다.
순옥	주둥아리 닥쳐! 승연이 너 지금 깜짝쇼 하는 거지? 송별회 날 엄마 아빠 놀래키려고, 그렇지, 그렇지? 거짓말이라고 말해, 어서!
승연	아니에요, 어머니.
순옥	너 이럴 거면 유학이고 뭐고 다 때려치워! 십 원 한 푼 못 줘.
승연	괜찮습니다. 제 힘으로 할 게요.
하늘	크허허, 공부 아무리 잘 해도 소용없구나.
명광	승연이 유학 가야 합니다. 소중한 시기에요.
성필	우리에겐 유학보다 지금 이 순간이 더 소중합니다.
순옥	당신 이렇게 우격다짐으로 아무리 우겨봐야 이 결혼 절대 못 해.
성필	왜죠?
하늘	(불현듯) 잘못됐으니까.
승연	뭐가?
하늘	어, 그러니까 어, 괴, 괴, 괴, 괴상해.
명광	하늘이 말이 맞다. 상식선에서 인생을 바라보자꾸나. 세상을 지탱하는 규범과 상식이란 게 있잖니?
승연	그게 아니겠죠.
명광	아니라니?
승연	인생에 흠집이 잡히는 게 남 보기 창피한 거겠죠.

순옥 그래 말 잘 했어. 저 따위 늙다리 시간강사 놈이 어딜 감히 우리 삶에 끼어들어? 절대 용납할 수 없어.

성필 아버님 그리고 어머님, 두 분은 질 수밖에 없는 게임을 하시는 겁니다.

순옥 들었어? 지금 이걸 게임이라고 하는 놈이랑 결혼하겠다는 거야, 넌?

승연 우리의 사랑을 게임 따위로 조장해 가는 건 오히려 부모님이세요. 어머니 아버지께서 왜 이 결혼을 반대하시는지 전 그 논리를 이해할 수 없어요. 성필 씨는 저보다 나이가 많아요. 맞아, 서른 살 가까이 차이 나. 이게 어떻다는 거죠? 얼마 전에 안 사실이지만 진 선생님은 아버지 제자였어요. 반대하시는 이유가 이게 전부 다잖아요. 이건 상식이 아니라 편견일 뿐이에요. 아버지는 저에게 인생은 진실에 다가서려는 부단한 투쟁이라 늘 말씀하셨고 저 또한 그 가치에 따라 거짓된 위선에 저항은 못할망정 제 스스로 거짓된 행동을 하지 않으려 노력하며 살아왔어요. 지금 저의 진실은 성필 씨를 사랑하는 것입니다. 따라서 제 사랑을 나이나 외모 따위의 외부적 조건으로 재단하여 그것이 제게 어울리지 않는다고 판단내리는 것은 도덕적으로 모순됩니다.

순옥 네가 어떻게 이렇게 미칠 수가 있니? 여보, 얘 내 딸 맞아? 너 대체 어디까지 간 거야?

승연 상상하는 만큼.

순옥	아무 일도 없었던 거지? 야, 이 미친년아! 그럴 리가 없잖아! 네가 뭐가 모자라서 저런 놈이랑 잠을 잤다는 거야?
승연	엄마, 나 어른이야.
하늘	안 돼, 승연아. 그런 소리 막 하면 안 돼! 그럼 네 엄마 죽을지도 몰라.
명광	하늘이 마음 씀씀이가 공부 많이 한 우리보다 훨씬 따뜻하구나.
하늘	난 지독한 멍텅구리에요. 그래도 난 상식적으로 살아온 편인가 봐요. 이건 아무리 이해하려고 해도 잘 안 돼요. 나이 차가 예닐곱도 아니고 겨우 딸뻘이나 되는 제 친구하고, 그것도 자기 선생님 딸하고 결혼하겠다는 걸 어떻게 받아들여야 하죠?
순옥	복수라니까!
하늘	그렇죠? 복수죠?
승연	하늘아, 이건 여기 계신 부모님들과 진 선생님, 그리고 내 문제야. 네가 함부로 끼어들 자리가 아니라고. 미안하지만 먼저 집에 가주겠니?
하늘	아니. 나도 여기 꼭 있어야 돼.
명광	네가 왜?
하늘	저도 승연이를 좋아하거든요.
성필	하늘 씨가 어린 시절의 우정과 남녀 간의 사랑을 혼동하시는 것 같군요.
하늘	아니요. 나도 정말 승연이 사랑해요. 우리도 어렸을 때, 아

까 아저씨 말했던 것처럼 운명처럼 서로 막 좋아했어요. 저기 산속에 가면 동굴이 하나 있거든요. 거기가 우리 소굴이었는데.

승연   너 이상한 소리 하지 마!

성필   괜찮습니다. 나에게도 이제 사랑의 라이벌이 생겼군요. 정말 기쁩니다. 전 누구에게라도 승연 씨와의 사랑을 증명받고 싶었거든요. 고마워, 하늘 씨. 우리 밤새 얘기해. 우리 둘 중에 누가 더 승연 씨를 사랑하는지.

하늘   싫어요.

성필   왜?

하늘   난 아저씨처럼 말 잘 못하니까.

성필   누군가에게 자기 마음을 전달할 수만 있다면 그게 말 잘하는 겁니다.

하늘   아무튼 싫어요. 난 말 대신에 몸으로 승연이를 지켜줄 거예요.

성필   어떻게? 좀 자세히 설명을 해 주실 수 있겠습니까?

하늘   (손을 들며) 팔씨름! 지금 당장 나하고 붙어요. 만일 내가 지면 집으로 갈게요. 아저씨가 지면 아저씨도 그냥 가는 거예요. 어때요?

성필   (흔쾌히) 좋아.

승연   미쳤어요? 얘 어렸을 때 팔씨름 대장이었어요.

성필   장애를 넘을수록 우리의 사랑은 더 굳건해 집니다.

하늘과 성필이 탁자 양편에 마주앉아 서로의 손을 맞잡는다. 잠시 서로 손아귀의 힘을 가늠하는가 싶더니 팔씨름을 시작한다. 성필이 혼신의 힘을 다해보지만 현격한 힘의 차이로 인해 쉽게 넘어가고 만다.

성필   굉장해. 내 힘으론 도저히 당해 낼 수가 없군! (하늘의 손을 잡으며) 승연 씨를 얼마나 사랑하는지 이 손아귀의 힘만으로도 충분히 느낄 수 있어. 하늘 씨는 멋진 남자야! 순수 완전 그 자체입니다.

하늘   그럼 이제 조용히 가는 거죠?

성필   (사이) 가기 전에 저도 제 사랑을 몸으로 증명해야 하지 않을까요?

순옥   무슨 개수작이야?

성필   어머니, 꼭 보여드리고 싶은 게 있습니다. 이쪽으로 오세요, 승연 씨!

승연이 성필 옆으로 다가선다.

성필   우린 불꽃처럼 휩싸였어요. 우린 이렇게 매일 타오릅니다.

성필과 승연이 성스러운 의식을 행하듯 손을 잡고 서로를 바라본다. 모두 경악하여 멈춘 채 있다. 하늘이 돌연 키스하기 직전의 두 사람에게 달려들더니 성필을 승연에게서 떼어내려 한다.

하늘	안 돼! 하지 마!
성필	우리한테 왜 이러는 거예요? 하늘 씨!
하늘	승연이한테 그러지 마! 그러지 마!
성필	뭐? 뭘?
하늘	함부로 찝쩍거리면 죽여 버릴 거야! 용서 못 해. 내가 승연이를 얼마나 좋아하는데! 아저씨는 이럴 자격 없어.

멱살을 잡힌 성필이 하늘의 손목을 잡고 발버둥을 치며 육탄전을 벌이지만 얼마 못 가 바닥에 깔린다. 순옥과 명광, 승연이 모두 합세하여 둘을 겨우 뜯어말린다.

명광	이래도 하고 싶니, 승연아? 이런 짓까지 해가면서 결혼을 해야 해? 그게 무슨 의미가 있지?
성필	방금 일은 우리가 결혼하면 의미가 될 겁니다. 그리고 또 십 년이 흐르면 즐거운 추억이 되겠죠.
순옥	여보, 나 너무 어지러워. 저것들 좀 내 앞에서 없애 버려!
명광	진정해. (부축하며) 아침이 되면 승연이 생각이 바뀔 수도 있어요. 젊었을 때 사랑에 미치는 건 왕왕 있는 일이니까.
승연	(성필을 보살피며) 우린 죽을 때까지 바뀌지 않아요.
순옥	하! 재미있네, 재미있어! 그래, 네 행복 실컷 한번 찾아봐. 나보다 널 더 사랑하는 그런 사람 실컷 만나보라고.
성필	(순옥에게 다가와) 진솔한 말씀 감사합니다, 어머니.

순옥이 공손히 인사하는 성필의 머리채를 잡아 흔들다가 넥타이를 잡고 휘두른다.

순옥　　잘 들어! 진성필 같은 이런 교활한 인간들은 언제고 배신하는 습성을 가지고 있어. 네가 행복하려면 이런 놈보다는 차라리 하늘이 같은 애가 훨씬 나아.

성필　　그렇담 저희가 아니라 어머님부터 아버님과 헤어지셔야하겠군요.

하늘　　진짜죠? 제가 저 아저씨보다 더 나은 사람이죠? 크허허허!

승연　　하늘아, 너 왜 이래? 정신없으니까 이제 그만 너희 집에가줄래?

하늘　　안 돼! 난 널 지켜야 돼.

승연　　시끄러워, 이 바보새끼야! 빨리 여기서 꺼지라고!

하늘　　(발끈한 승연의 태도에 당황하여) 어, 내가 저 아저씨한테 뭐라막 욕해서 많이 화난 거야?

명광　　좀 모자란 하늘이가 보기에도 이건 아닌가 봅니다. 진성필 씨, 오늘 일에 대해선 어떠한 책임도 묻지 않을 테니 여기서 그만 멈추세요!

성필　　선생님께서 오히려 멈추셔야 합니다. 선생님께서 우선 저와 승연 씨와의 관계를 부정하시는 걸 멈춰주십시오.

명광　　말장난하지 마. 오늘 여기서 벌어진 이 모든 불상사의 원인과 발단이 진성필 당신 책임이란 건 누가 봐도 분명한 사실이야. 그러니 당신은 해결책이 뭔지도 분명히 알고 있어. 더 이상 왈가왈부 하지 말고 당장 여기서 꺼져!

성필 대실망입니다. (호흡이 가빠오기 시작한다) 선생님께선 역시 교수님스럽게 이런 순간까지도 책임소재 찾기에 골몰하고 계시는군요. 하지만 제 탓을 하는 건 책임회피에 망각일 뿐이에요. 왜냐하면 여기서 벌어지는 모든 일은 선생님이 책임지셔야 하기 때문입니다. 떠넘기기 따위의 졸렬하기 짝이 없는 비겁한 행동 하지 말고 차라리 말 한마디, 잘못했, 나, 잘못, 한마, 나한테, 한마, 한! 잘, 잘!

잠시 후 성필이 몇 차례 숨을 고르는가 싶더니 갑자기 가슴을 움켜쥐고 쓰러진다.

승연 왜 이래요?

성필 약, 빨리!

승연 어디 있어요?

성필 옷, 내 옷, 주머니!

승연이 성필의 옷에서 천식약을 찾아 꺼낸다.

승연 병원에 전화해, 어서!

하늘 여긴 전화가 잘 안 터져.

승연 물 갖다 줘! (성필에게 돌아와) 자, 빨리 먹어요!

하늘이 주방에서 물컵을 갖고 나와 건네려는 순간 허리를 숙여 성필을 보고 있던 순옥이 벌떡 일어선다. 하늘이 순옥과 부딪혀 물이 쏟아지고 만다.

하늘 (순옥을 쳐다본 후 굼뜨게 일어서며) 다시 가지고 올게요.

승연이 여러 차례 약을 먹이려하나 성필이 호흡이 불규칙하여 약을 삼키지 못한다.

승연 빨리 물 좀 가져다줘요!
하늘 (주방 안에서) 지금 가요!
순옥 나도 물!

하늘이 주방에서 나오다가 순옥과 살짝 부딪힌다. 하늘의 손에서 물컵이 떨어진다.

하늘 (컵을 주우며) 또 쏟았네!
순옥 (주방으로 들어가서) 물 어디 있어?

승연이 주방으로 뛰어가 주전자 채 들고 나와 물을 먹이려하나 이미 숨이 멎었는지 삼키질 못하고 입 밖으로 흘러나온다.

승연 성필 씨가, 왜 이런 거죠?

명광   (성필을 살피며) 아무래도 죽은 것 같다.

승연이 전화를 하려다 안 되자 밖으로 급히 뛰어나간다. 명광이
밖으로 나가려는 승연을 붙잡아 마구 때리자 순옥이 말린다.

순옥   하지 마!

명광   미친 년!

승연   빨리 의사 불러야 돼요.

명광   (승연의 뺨을 때리며) 가만히 있어!

승연   아버지, 이러다 성필 씨 죽으면 어떡해요?

명광   벌써 죽었어. 넌 이놈이 이 정도인 줄 모르고 있었던 거야?

승연   이 정도 심각한 줄은 미처 몰….

명광   그것도 모르고 이 난리를 쳤어? 한심한 년 같으니!

승연   전 단지 진성필 선생님을….

명광   닥쳐! 네가 우리 인생 끝장내고 싶어 이러는 거냐?

순옥   안다, 알아. 넌 단지 잠깐 동안 저 몹쓸 놈한테 사기를 당
한 거야. 버러지 같은 놈이 어디 감히 우리 딸을 넘봐. 저
런 놈은 천벌 받아도 싸.

하늘   이 아저씨 진짜 죽은 거예요?

명광   천식 때문에 호흡곤란으로 죽은 것 같구나.

하늘   갑자기요?

순옥   천벌 받은 거라니까.

하늘   호흡곤란이 천벌이에요?

순옥 그래. 천벌 받아 저 혼자 죽은 거야.

명광 당신 말이 맞아. 당신 때문에 죽은 게 아니야. 저 혼자 질식사 했어.

승연 아빠!

명광 하늘이 너도 다 봤지?

하늘 뭘요?

명광 저 놈 혼자 죽는 거.

하늘 네.

명광 경찰 오면 꼭 그렇게 얘기해야 한다. 여기 있는 사람 전부다. 알겠지?

서로 눈치를 보며 보일락 말락 고개를 끄덕인다.

순옥 꼴도 보기 싫으니까 저거부터 빨리 집 밖에다 치워버려!

명광 시체유기죄로 잡혀가고 싶어? 저걸 바깥에 내다버리면 경찰 왔을 때 뭐라 그러려고?

순옥 혹시라도 누가 보면 어떡해!

명광 하늘아, 이리 와서 나 좀 도와줄래? 이거 같이 좀 들자.

하늘 (멀찍이 도망치며) 예! 아우, 싫어요. 무서워요! 난 못해요.

명광 내가 상체를 들 테니까 당신은 다리를 들어. 하늘이는 저쪽 창고문 열고.

명광이 성필의 겨드랑이에 손을 끼워 시신을 들어 올린다. 순옥이

53

주저하다가 하늘에게 돈을 건넨다. 헤벌쭉거리며 돈을 받아 넣은 하늘은 성필의 다리를 번쩍 들어 명광과 함께 성필의 시신을 창고로 옮긴다. 승연이 쫓아간다. 셋이 창고 안으로 들어가고, 순옥이 창고 문 앞으로 다가와 두려운 시선으로 창고 안을 들여다본다.

하늘 (창고에서 튀어나오며) 어우, 저 아저씨 약을 못 삼켜서 죽었나봐! 물만 제때 가져다 줬어도 안 죽었을 텐데. 어우, 저 아저씨 너무 불쌍해!

순옥 (하늘을 쫓아가며) 난 아무 것도 안 했어. 하늘이 네가 컵을 놓쳤잖아. 그래서 저 놈이 물을 못 마신 거야.

하늘 어? 아니에요. 아까 전에 아줌마가 저한테 와서 부딪혔잖아요. 그래서 내가 컵을 놓친 거라고요.

순옥 이상한 소리하지 마! 난 아무 짓도 안 했어. 네가 컵을 놓쳐서 저 인간이 물을 못 마신 거라고.

하늘 그, 그게 무슨 말씀인가요? 그니까 저 때문에 저 아저씨가 죽기라도 했단 말인가요? 저한테 왜 이러세요? 전 정말 아무것도 안 했어요.

명광 (창고에서 나오며) 하늘아, 좀 전에 말이다, 네가 저 놈한테 물도 천천히 가져다주고 컵도 천천히 줍고 그러던데 대체 왜 그런 거니?

하늘 네? 저, 글쎄 그건 아줌마가 나한테 부딪혀서 그랬던 거라니까요. (창고에서 나오는 승연에게) 승연아, 그렇지?

승연 (창고문을 닫으며) 저 분이 왜 이렇게 됐는지 명백히 밝혀야 돼. (순옥과 하늘을 보며) 난 다 봤어.

하늘 저 아저씨가 나 때문에 죽었니? 가만있으면 내가 다 뒤집어쓰게 생겼네. 나 너무 억울해! 경찰 아저씨들 오라고 하자. 응?

명광 경찰? 안 그래도 그럴 생각이다. 하늘아, 이유는 모르겠지만 네가 저 놈을 미워하는 것 같았어. 대체 왜 그런 거니?

하늘 그, 그, 그건, 저 아저씨가, 나, 나쁜 사람이니까요!

명광 그렇지. 아주 나쁜 놈이지. 터무니없이 늙은 놈이 나타나서 네 죽마고우랑 결혼한다니까 화가 났던 거냐?

하늘 엄청 많이요.

명광 음, 그래서 멱살을 잡고 목을 졸랐던 거구나.

하늘 네, 아깐 정말 죽여 버리고 싶었어요.

명광 우리가 다 함께 겨우 널 뜯어말렸지. 안 그랬으면 하늘이네가 정말 목 졸라 죽일 뻔했어.

하늘 고맙습니다. 절 말려주셔서. 전 화가 나면 눈에 보이는 게 없어요, 흐흐!

명광 그런데 말이다. 저 나쁜 놈이 원래 천식이란 병을 가지고 있더구나. 그 병이 뭔 지 아니, 하늘아?

하늘 네, 갑자기 숨 못 쉬는 거요.

명광 잘 알고 있구나. 저 놈이 왜 갑자기 숨을 못 쉬었겠어? 하늘이 네가 멱살을 잡아 목을 졸랐기 때문 아니겠니?

하늘 난 저 아저씨가 그런 줄 몰랐어요. 전 단지 승연이를 구해주고 싶어서 그랬던 거예요.

승연	네가 왜 날 구해?
하늘	네가 불쌍하니까.
승연	뭐가? 나랑 나이 차이가 많이 나서?
하늘	아니야.
승연	그럼 뭐야? 내 아버지 제자라서?
하늘	아니야, 그런 거 절대 아니야.
승연	(거의 발악하듯) 그럼 대체 뭐냐고?
하늘	(심하게 위축되어) 아, 그게, 그게, 그러니까, 옛날에, 아주 옛날에, 저 아저씨, 아, 너희 엄마랑, 여기 온 적이 있었어.
승연	뭐? (사이) 누가?
하늘	어, 저기 저 아저씨랑, 너희 엄마.
승연	여기, 언제?
하늘	아주 옛날에 나 요만할 때, 초등학교 때. 저기 산속에 있는 우리 동굴.
승연	엄마, 이게 무슨 소리야?
순옥	(침묵)
승연	거기 우리 엄마가 왔어? 확실해? 저 안에 있는 사람하고?
하늘	(말을 못하고 거의 보이지 않게 고개만 끄덕인다)
승연	너 거기서 뭐 봤어?
하늘	우리가 했었던, 그, 그, 엄마 아빠 소, 소, 소꿉놀이.

긴 침묵에 이어 매미와 개구리 울음소리 들려온다.

명광   (한숨을 내쉬며) 하늘이가 본 건 나였던 것 같구나.

하늘   어? 어!

승연   분명히 말해! 우리 엄마랑 저 안에 있는 사람, 그 안에 같이 있는 거 봤어?

순옥   시끄러워! 어디 들을 얘기가 없어서. 너 뭐야, 갑자기! 뭐? 소꿉놀이? 너 그게 뭔지 알아?

승연   엄마! 왜 그래?

순옥   내가 뭘?

명광   이게 지금 뭐하는 짓이야! 똑똑치도 않은 이야기를 듣고 서로 뭘 어쩌려고? 둘 다 앉아! (사이) 하늘아, 너 이런 얘기 아무 데서나 함부로 하고 다니면 정말 감옥 간다. 알겠니? 그뿐만이 아니야. 너 이 동네에서도 쫓겨나. 네 엄마 아빠도 같이. 너 이 동네에서 살고 싶지 않아?

하늘   아, 아니요. 저 여기서 죽을 때까지 살고 싶어요.

명광   그런데 왜 그런 엉터리 이야기를 해? 분명히 본 걸 이야기한 거니?

하늘   잘못했어요, 교수님. 다신 안 그럴게요.

명광   뭘 다신 안 그래?

하늘   그, 그러니까 내가 뭘 잘못 봤나 봐요.

명광   뭘 잘못 봤는데?

하늘   (침묵)

명광   그때 네가 본 게 나야 저 대머리야?

하늘   교, 교수님이요.

명광	(승연의 어깨에 손을 얹으며) 다시 한 번 말하지만 하늘이가 본 건 나하고 네 엄마야.
승연	뭐!
명광	산에 올라갔을 때 네들 놀이터에 들어가서 추억에 잠기는 게 그때 네 엄마 낙이었어. 하늘이가 그걸 보고 뭔가 착각을 했나보구나. 그렇지, 하늘아!
하늘	(사이) 네, 네. 하도 오래 돼서.
명광	하늘이 네가 우리 승연이 생각하는 마음 충분히 이해한다. 하지만 네가 마음 씀씀이가 지나쳐서 결국 저 사람이 저렇게 되고 말았구나. 너 이거 어떻게 책임질래?
하늘	잘못했습니다. 저 집에 갈게요.
명광	아니. 지금 경찰 부를 테니 여기 가만 있거라.
하늘	예? 경찰아저씨들이 저 잡으러 오는 거예요? (심하게 말을 더듬으며) 저 가, 감옥 가요? 저 좀 살려주세요, 교수님. 저 여기서 그냥 살게 해주세요, 네? 처, 천국치, 치킨에서 닭 튀길 때 나는 소리 못 들으면 나 주, 죽어요. 치지직크그그! 이 소리가 얼마나 좋은데요. 나 좀 살려주세요.
명광	알겠다. 일단 진정해라, 얘야. 천천히 숨 쉬고.
하늘	(크게 심호흡을 한다)
명광	여기서 계속 살고 싶으면 우선 넌 내가 하란 대로 해야 한다. 경찰 오면 있는 그대로 이야기해야 돼. 알겠어?
하늘	네.
명광	경찰이 와서 저 사람 왜 저렇게 됐냐고 물어보면 네가 승

연이 지켜주기 위해서 저 아저씨 멱살을 잡았더니 느닷없이 이렇게 된 거라고 말해야 돼. 무슨 얘긴지 알겠지?

하늘 예? 나 저 아저씨 안 죽였는데요?

명광 누가 너더러 죽였다고 그러던?

하늘 (고개를 가로젓는다)

명광 저 사람은 원래 병이 있었고 네 행동으로 인해서 갑자기 천식 발작을 일으킨 것뿐이야. 하지만 넌 저 사람을 해칠 뜻이 하나도 없었고 오히려 승연이를 위하는 마음으로 그리 했던 거라고 내가 경찰한테 잘 이야기하면 너한텐 아무 일도 일어나지 않아. 걱정하지 마라.

하늘 고맙습니다, 교수님. 꼭 교수님이 시키는 대로 말하겠습니다.

명광 당신도, 승연이도 모두 진정해. 내가 이제 경찰 부를 테니까 모두 입 꾹 다물고 있어.

순옥 뭐라고 하시게요?

명광 승연이 소개로 천식 치료 차 요양하러 왔다고 변을 당한 거라고 말하면 돼. 진성필 저 사람은 이십년 만에 우연히 만난 거야. 실제 그렇고. 알겠어? 그러니 둘 다 그 외에 말은 아무것도 하지 마.

순옥이 고개를 끄덕인다. 명광이 휴대폰을 꺼내 경찰에 전화를 하지만 신호가 가지 않는다.

명광　(전화가 안 되자 약간 짜증이 나는지 혼잣말처럼 중얼거린다) 추잡
　　　　한 년놈들!

승연　뭐? 누구?

순옥　대체 다들 나한테 왜 이래? 나 아니라고!

명광이 현관 밖으로 나가려는 순간 창고문이 빼꼼이 열린다. 잠시
후 문틈 사이로 손이 나오더니 힘겨운 모습을 한 진성필의 얼굴이
간신히 나타난다.

하늘　어, 아, 아, 안 죽었어!

순옥　아니야, 아까 죽었어!

갑자기 승연이 창고문에 달려들어 필사적으로 진성필을 창고 안
으로 밀어 넣으려 한다. 진성필은 밀려들어가지 않으려 최후의
저항을 해보지만 얼마 못가 창고문이 닫히고 만다. 승연은 창고
문에 등을 기대고 선 채 창고문 손잡이가 돌아가지 않도록 꽉 움
켜쥔다.

승연　으으으윽! 더러워!

진성필이 온몸으로 창고문에 부딪히는 것처럼 문 두드리는 소리
가 매우 위협적으로 울려 퍼진다. 잠시 아무 소리도 들리지 않는
가 싶더니 손톱으로 창고문을 긁는 소리가 가냘프게 들린다. 하지

만 이 소리도 얼마 지나지 않아 그치고 만다. 이후 간헐적으로 건물 외벽에서 끼이익끼이익 거리는 기이한 소리가 나온다. 모두 압도적인 공포에 질려 그 어떤 후속 행동도 생각해 내지 못한 채 멍하니 있다. 이 침묵을 깰 듯이 건물 바깥에서 철수와 애란의 웅성거리는 소리가 들린다.

명광   (정신을 가다듬은 후 승연에게) 어서 일어나! (승연을 일으켜 세운다) 모두 침착해. 아무 일 없었어. (순옥에게) 당신 힘들면 주방 안에 방에 가서 좀 쉬어.

순옥   아니요. 여기 같이 있을래요.

승연   (퍼뜩 정신을 차리며 주전자 등 잡동사니를 신속하게 정리하며) 하늘아, 너도 빨리 같이 해!

하늘   어? 어!

승연과 하늘이 다기세트를 챙겨 주방으로 들어간다. 잠시 후 1막에서처럼 한복과 양복을 차려 입은 애란과 철수가 현관 출입구 쪽에서 들어오며 구시렁거린다. 애란은 8단 찬합 2세트를 손에 들고 있다.

철수   비가 또 쏟아지네.

명광   늦게나마 태풍이 올라와서 다행이에요. 올 여름 얼마나 무더웠어요.

애란   내가 살다 살다 태풍 올라오라고 기도해보긴 올해가 처음

이에요.

순옥 나도 일기예보 보면서 그 생각했는데.

철수 두 분이 착착 통합니다요.

애란 저희 다시 왔습니다. 많이 시장하시죠?

명광 괜찮습니다.

철수 이 사람이 후딱 솜씨 좀 부렸습니다. 기대하셔도 좋습니다. (술병을 보이며) 자, 그리고 오늘의 하이라이트. 이놈이 얼마 전에 제가 집에서 직접 증류해낸 전통소주인데 혀끝에 닿는 맛이 알싸하니 얼얼하기도 하고 가슴팍을 훅하니 뎁히면서도 뒤끝이 전혀 없습니다.

순옥 어머, 뚜껑을 촛농으로 다 봉해놨네.

애란 김새면 술맛이 꽝돼버려서요.

순옥 꼼꼼하기도 하셔라.

애란 저는 샴페인!

철수 이런 거는 주인공이 와서 뚜껑을 따야 그것이 제맛이지요잉.

애란 승연이 안 보이네. 차 있는 거 보니 온 것 같던데?

승연 (주방에서 나오며) 안녕하세요, 저 여기 있어요.

철수 아이구, 반가워라! 이게 얼마만이냐?

승연 그러게요. 자주 인사드렸어야 했는데. 어디 다녀오시나 봐요? 이렇게 입고 계시니까 두 분 다 너무 고우세요!

하늘 (주방에서 나오며) 결혼식 알바.

철수 뭔 뚱딴지같은 소리?

애란	승연이 유학송별회 하는데 아무것이나 걸치면 쓰겠냐? 우리 승연이 유학 간다면서? 이제 못 보네, 섭섭해서 어째?
승연	못 보긴요? 돌아와서 다시 보면 되죠.
애란	요즘에도 만나기가 하늘에 별 따긴데 외국 나가 공부하고 돌아오면, 우리 같은 거 거들떠나 보겠어?
철수	길 떠나는 사람 앞에서 무슨 그런 재수 없는 소릴 하고 지랄이야, 부정 타게.
승연	아주머니도 참, 무슨 말씀을 그리 섭섭하게 하세요. 남들이 들으면 제가 아주 표리부동한 사람인줄 알겠어요. 저 안 그래요. 제가 두 분을 얼마나 좋아한다고요.
애란	그렇게 말해주니 정말 고맙구나. (찬합을 보이며) 이거 많이 먹어. 사모님, 이제 주방에 한상 차릴까요?
철수	뭔 소리? 송별횐데 야외 파티가 짱이지! (휴대폰을 꺼내 음악을 튼다) 운치하면 우리 교수님 내외 아니셔?
애란	그 말이 맞네 맞아. 하늘아, 뭐해? 엄마랑 주방 가서 식기들 좀 죄 챙겨 나오자.
하늘	응. (찬합을 들고 주방으로 따라 들어간다)
명광	그걸 왜 하늘어머니 혼자서 합니까? 우리 남자들도 같이 합시다.
철수	역시 우리 교수님 남녀평등이셔.

철수와 승연이 애란과 하늘을 따라 주방으로 들어간다. 사이. 명광이 현관 출입구 쪽에서 창고 키를 가져와 창고문을 잠근다.

순옥	이제 아무도 못 여는 거지?
명광	응.

천둥 번개소리에 이어 끼이익끼이익 거리는 소리가 울린다.

명광	조금 전에 하늘이가 했던 말이 무슨 뜻이지?
순옥	무슨?
명광	동굴.
순옥	헛소리예요!
명광	난 거기 간 적 없는데.
순옥	나도 없다고!

명광과 순옥이 다투려하는 순간 사람들이 다시 들어와 식탁에 음식을 차린다.

명광	(음악에 맞춰 갑자기 춤을 추며) 아름다운 밤입니다. 생일 축하한다, 승연아!
순옥	엄마도. 유학 가서도 행복해야 돼.
애란	승연이 유학 가면 교수님 되는거?
철수	교수님! 교수님!
애란	(방귀를 꿔며) 경사났네! 경사났어!
하늘	우리엄마 방구쟁이!
철수	이놈아, 너희 엄마 송별회 팡파레야!

애란이 거의 신들린 듯 온몸을 흔들며 노래를 불러 젖힌다. 하늘과 철수가 놀라운 솜씨로 장단을 맞추며 가무를 즐긴다. 모두 다 함께 술과 음식 등을 나눠 먹는 가운데 멀리서 천둥소리가 들려오며 또다시 비가 내리기 사직한다.

제4막

개구리 울음소리가 들리는 가운데 하늘이 피아노를 치고 있다. 승연은 이따금 창고 쪽을 바라보다가 피아노를 치고 있는 하늘을 골똘히 쳐다본다.

승연 하늘아 피아노 언제 배웠어? 아빠가 못 치게 했다면서?

하늘 몰래 몰래 배웠어.

승연 너 이제 보니 천재구나! 하늘이 바보! 왜 아직도 날 그렇게 좋아하니?

하늘 난 네가 늘 행복했으면 좋겠어.

승연 나 도와줄 수 있지?

하늘 그걸 말이라고 해.

승연 (비틀거리며) 왜 이렇게 어지럽지? 나 좀 부축해줄래? (턱짓으로 창고 쪽을 가리키며) 아까 저기 창고에서 뭐가 나오려고 했었는데 그게 뭐지? 정확하게 보질 못 해서 기억이 잘 안 나. 대체 뭐였을까?

하늘 (머뭇거리다가) 나쁜 조, 조, 나쁜 좀비! 어우, 아깐 정말 무서웠어. 다시는 보고 싶지 않아. 또 일어나면 어떡하지?

승연 절대 못 일어나. 내가 주문을 외웠거든.

하늘 어떻게?

승연 (하늘을 빤히 쳐다보며) 아브라카다브라! 꺼져버려! 난 이제 하늘이와 살 거니까 여기서 꺼져버려!

하늘 우리 어렸을 때 했던 거 그거네? 아브라카다브라! 그럼 나도 주문을 외워야겠다. 나도 저 좀비 아저씨가 정말 싫거든. 아브라카다브라! 죽어라! 아브라카다브라!

승연 (하늘의 이마에 자기 이마를 맞대며) 우리가 조용히만 있으면 다시 일어나지 못 해. 무슨 말인지 알지?

하늘이 좋아서 우물거린다. 사이. 주방 쪽에서 철수가 부르는 군가 소리가 들린다.

승연 (쭈뼛거리며 긴장하는 하늘을 붙들고) 왜?

하늘 우리 아빠 술 마신 날 군가 부르면 항상 날 때리거든. 쓸데없이 태어난 놈이라고.

승연 그게 무슨 소리야?

하늘 나도 몰라. 그때 엄마도 무진장 맞았어. 나랑 같이 나가 뒈지라구.

승연 뭐가 무섭다고 이래? (하늘을 안아주며) 이젠 네가 더 힘센데. 이러고 있으니까 갑자기 어린 시절 생각난다. 내가 동굴에서 입술도 맞춰주고 그랬었잖아. (자기 가슴을 가리키며) 네가 내 여기도 만지고.

하늘   (쑥스러워서) 어허허허! 그랬나?

승연   동굴에서 우리 엄마 언제 봤니?

끼이익끼이익 거리는 소리가 울린다.

하늘   (일어서며) 중학교 때.

승연   아까는 초딩이 때라며?

하늘   맞다, 맞다. 오래 전이라 갑자기 가물가물해.

승연   같이 있던 사람, 누구야?

식사를 마친 명광을 따라 얼큰히 취한 철수가 떠버리며 쫓아 나온다. 하늘은 이런 철수를 보고 정원 바깥으로 도망친다.

철수   와! 그때가 제 인생의 황금기였습니다. 제가 폭도새끼들한테 붙잡혀서 맞아죽을 뻔할 때 교수님이 딱 나타나서 절 구해주지 않았습니까. 교수님 아니었다면 전 오늘 여기 없었을 겁니다. 사나이 중의 사나이, 우리 최 교수님! 하, 그때 그 폭도 씨부럴 새끼들 데모질을 얼마나 해대던지. 교수님 덕분에 겨우 목숨 건지고 그 다음에 내가 그 폭도새끼들 수십 명 바로 확 쑤셔버리지 않았잖습니까. 씨발 창자 팍 쏟아지고 니미. (기분에 취해 군가를 흥얼거린다) 보람찬 하루 일을 끝마치고서! 중대장님을 향하여 받들어 총! 충성!

명광　하하! 살모사 김 중사 이제 그만요, 그만. 그때가 벌써 언 제에요? 삼십 여 년도 훌쩍 더 넘었습니다.

철수　중대장님 밑에서 개고생했던 추억이 새록새록 합니다.

명광　그때 같이 고생해서 우리가 이나마 편안히 살고 있는 거 아니겠습니까?

순옥과 애란이 도란거리며 주방에서 나온다.

순옥　정말 맛있게 잘 먹었어요.

애란　(큰 소리로) 뭘요, 이 정도를 갖고. 댁으로 돌아가실 때 찬합 꼭 챙겨가드라고. 댁에 가져가시면 며칠은 충분히 드실 수 있을 텡게.

순옥　참 귀한 음식이에요. 매번 너무 고맙습니다. 우리도 뭐 보 답을 해드려려야 할 텐데.

철수　보답이라니 원 별 말씀을. 지들 같은 멍텅구리들한테 여 기서 이렇게 버젓이 먹고살도록 해주신 게 이게 어딥니 까. 그런 말씀 마십시오. 저희는 두 분 건강하게 이렇게 가 끔 뵙는 것만으로도 충분합니다.

명광　모두 맞는 말씀이에요. 그간 우리가 여기서 나오는 음식 으로 얼마나 화목하게 살았습니까? 비록 서로 일들이 바 빠서 함께 살지는 못 했지만 제 마음은 항상 여기에 와 있 어요.

철수　이제 애들 다 컸으니까 다시 내려와 살면 되시겠네요.

명광	아예 내려와 사는 건 좀 힘들고 자주 오도록 하겠습니다.
애란	네, 그럼 저흰 오실 때마다 맛있는 치킨이랑 맥주를 준비해 놓을 게요.
명광	이 여편네야 살살 좀 말해.
애란	아까 춤추다가 보청기를 잃어버렸나봐. 염병 암만 찾아도 안 나오네.
하늘	(출입구 쪽에서 테라스로 들어오며) 치맥! 치키치키!
명광	하늘이가 튀긴 치킨을 꼭 먹어봐야겠군요, 그 뭐야, 천국치킨!
애란	근데 으짜 쓸까이? 얼마 있으면 치킨집 계약이 다 끝나 가는데?
명광	그게 무슨 문제가 됩니까? 다시 또 하면 되죠.
애란	정말 그렇게 해주는 거시라?
명광	그럼요. 그간 같이 살아온 정이 있는데 제가 그걸 하나 못해드리겠습니까? 하늘이 꿈이 치킨집 사장님 돼서 맛있는 치킨 여러 사람한테 나누어 주는 거 아닙니까? 걱정 말고 계속하세요.
철수	정말 감사합니다, 교수님. 열심히 장사해서 꼭 보답하겠습니다. 아, 이러지 말고 지금 당장 천국치킨 가서 2차를 하는 게 더 좋지 않을까요?
명광	아닙니다. 오늘은 저희가 좀 많이 피곤해서 다음에 하도록 하죠.
철수	아닙니다. 제가 직접 하나 바삭하게 튀겨 올리겠습니다.

하늘	아빠는 잘 튀기지도 못하면서. 내가 튀겨 드릴게요.
철수	넌 임마 아직 닭 튀길 단계가 아니야. 넌 이 아빠한테 닭털 뽑는 거부터 다시 배워야 돼, 이 돌대가리 같은 자식아! 글쎄 이놈이 누굴 닮았는지 대가리가 진짜 닭대가립니다, 으허허허!
애란	(기분이 좋은지 같이 웃으며) 닭대가리도 잘만 튀기면 먹을 만하당께!
명광	모두 과음한 거 같습니다, 2차는 다음에 하죠, 하늘 아버지.
철수	아휴, 이거 아쉽네. 승연이 유학 가서 다시 못 볼까봐 그러지요.
명광	무슨 말씀을? 갔다 와서 또 보면 되죠, 뭘.
철수	그러면 유학기념사진이라도 한 장 찍고 헤어지는 게 어떨까요?
순옥	예, 그렇게 해요. 운전을 하고 왔더니 제가 좀 많이 피곤해서.
철수	자, 빨리 쉬셔야하니까 이쪽으로 모두 모이세요. 제가 우선 하나 찍고 나서 다 함께 또 하나 찍겠습니다.

사람들이 난간 주위로 모여 선다.

| 철수 | (휴대폰을 조작하며) 승연이가 어렸을 때 전교회장 하면서 우리 하늘이 줄반장도 시키고 그랬잖아. 될성부른 나무는 떡잎부터 알아본다더니 결국 유학을 가는구면. 자, 여기 |

보세요. (사진을 몇 장 찍고 사람들 틈으로 들어간다) 더 가까이 모이세요. 안 그러면 얼굴 잘립니다.

철수가 최대한 팔을 멀리 내밀어 사진을 찍으려는 순간 천둥번개가 내리친다.

순옥 (움찔하며) 아유, 깜짝이야.

철수 아이고, 흔들렸네. 한 번 다시 찍을 게요.

사진을 다시 찍으려는 순간 창고 쪽에서 휴대폰 울리는 소리가 들린다. 하지만 거의 동시에 내리치는 천둥번개 소리에 곧 파묻혀 버린다.

철수 어, 이게 무슨 소리지?

명광 천둥소리 아니었습니까?

철수 그런가? 창고에서 휴대폰 터지는 소리 같았는데?

승연 아무 소리도 안 들렸어요.

창고 쪽에서 휴대폰 울리는 소리가 다시 들린다.

철수 이거 휴대폰 터지는 소리 맞는데. 빨리 가서 전화 받으세요.

순옥 제 휴대폰이에요. 물건 찾다가 놔두고 왔나 봐요. 나중에 받을게요.

이때 갑자기 순옥의 주머니에서 휴대폰이 울린다.

순옥   (깜짝 놀라며) 아! 내 건 여기 있었네. (전화를 받는다) 여보세요, 여보세요, 또 끊어졌네.

철수   사모님께서 착각하셨구나. 이놈의 펜션은 휴대폰이 터졌다 안 터졌다 아주 지랄 염병이에요.

창고 쪽에서 휴대폰이 다시 또 울린다.

철수   (모두에게) 누구 건지 빨리 들어가서 받으세요.

하늘   (겁에 질려) 으으으! 좀비한테 전화 왔나봐!

승연   하늘아, 여기 왔던 손님들이 놓고 간 걸 거야.

애란   그렇겠네. 휴대폰 놔두고 간 손님들이 전화하시나 보다. 얼마나 애가 타겠어. 빨리 찾아드려야 쓰겠네.

하늘   (창고로 향하는 애란을 급히 막으며) 엄마! 문 열면 안 돼! 좀비 나올지도 몰라!

애란   얘 갑자기 왜 이런디야?

철수   저런 닭대가리 같은 자식이 뭔 소릴 지껄이는 거야.

하늘   (창고 쪽으로 가는 철수를 보며) 아빠, 가지 마! 가지 마!

철수   이 새끼가 술 취했나. (창고문 손잡이를 돌린다) 문이 잠겨있네. 여기 당신이 잠가놨어?

애란   아니.

명광   제가 잠깐 낮잠 자고 나오다가 실수로 잠가놓은 것 같습니다.

철수 그럼 다시 열면 되죠. 여보, 열쇠 어디 있더라?

애란 거실 옆 신발장 서랍.

철수 (출입구 현관 쪽에서) 여기 없는데. 여기 열쇠 다 어디 갔어?

애란 (현관으로 가서 서랍 안을 뒤진다) 이상하네. 어디 갔지?

명광 굳이 안 여셔도 됩니다.

철수 (테라스 쪽으로 다시 들어서며) 괜찮습니다. 나 같은 관리인은 항상 만능열쇠가 있거든요. (키를 꺼내며) 이거 마스터키. (손잡이 열쇠구멍으로 마스터키를 집어넣으려 한다)

하늘 열지 마! 그 안에 좀비 있다니까.

애란 얘가 진짜 왜 이려?

하늘 엄마, 저 안에 좀비 있어. 방금 죽은 좀비 있다고.

애란 방금 죽어? 누가?

하늘 겨, 겨, 결혼할 사람!

순옥 조용히 못해! 모두 다 당장 나가세요!

명광 여보!

애란 아니, 이게 뭔 일이래? 하늘아, 너 여기서 뭐 잘못한 거 있니?

하늘 엄마, 우리 빨리 집에 가. 안 그러면 우리 여기서 다 쫓겨나.

철수 뭔 소린지 알아듣게 똑바로 말해, 이 자식아!

하늘 안 돼. 말하면 절대 안 된다고 그랬어, 난 절대 말 못해.

애란 사모님, 여기서 하늘이한테 뭔 일이 있긴 있었나본데 저러고 있으니 도통 알 수가 없네요. 사모님께서 말씀 쫌까

해주시것어요?

순옥 (느닷없이) 사람을 죽였어요. 하늘이가.

철수 뭐라고요?

애란 (사이) 하늘이 애가 사람을 죽였다고요?

철수 혹시 저 창고에?

승연 네, 저와 결혼하려던 분이 계세요. 그런데 그만 죽었어요.

애란 하늘이가 좀 전에 좀비 있다고 말한 게 그럼 그 시체란 말이여?

승연 네.

애란 여보, 얼른 창고문 좀 열어 봐.

하늘 (창고문 앞을 가로막으며 완강하게 버틴다) 안 돼. 우리 그냥 집에 가. 잘못하면 나 감방 갈지도 몰라.

철수 어서 안 비켜! 이 새끼!

하늘이 철수 앞에서 머뭇거리자 철수가 하늘의 뺨을 후려갈긴다.

철수 (하늘을 빤히 노려보며) 동작 그만!

철수의 기세에 질려 하늘이 물러서려는데 갑자기 심한 딸꾹질과 함께 틱 장애 증상이 나타난다. 철수가 창고문을 열자마자 애란이 급히 들어가고 철수가 쫓아 들어간다.

순옥 난 아무 짓도 안 했어. 그렇지, 여보?

하늘	저 어떻게 해요, 교수님?
명광	별일 아니다. 잠자코 가만히 있어. 우연한 사고일 뿐이야.
철수	(창고 안에서) 여기 죽었나봐!

애란이 급히 창고 밖으로 나온다.

애란	하늘아, 이게 머슨 일이야?
하늘	난 아무것도 몰라.
애란	너 사람 죽였어? 저 안에 있는 사람 네가 죽였냐고?
하늘	아니야, 난 안 죽였어. 난 그냥 멱살만 잡았어.
철수	(창고에서 나오며) 이 사람이 누군데 네가 멱살을 잡냐?
하늘	몰라, 오늘 처음 봤어. (새끼손가락을 펴며) 승연이 이거래.
승연	제 약혼자예요.
애란	희한하네! 오늘 처음 본 승연이 약혼자를 하늘이가 대체 왜 죽여? 승연아, 네가 어서 말 좀 해봐라!
승연	죄송합니다. 아주머니.

어디선가 끼이익끼이익 거리는 소리가 또 울린다.

명광	모두 다 제 탓입니다. 제가 부덕해서 그만 이런 불상사가 일어났어요. 하늘이 부모님께 다시 한 번 사과드립니다.
애란	저, 교수님. 우리 하늘이가 정말 저 사람 저렇게 한 거 맞나요?

명광	아닙니다. 절대 아닙니다.
애란	그런데 사모님께서는 왜 하늘이가 죽였다고 말씀하시는 겁니까?
순옥	뭐예요? 지금 저희 의심하는 거예요?
애란	예? 아니, 의심이라뇨?
순옥	(억울한 듯 너무 절박하여) 지금 꼬치꼬치 캐묻고 있잖아요?
애란	아니, 저 사모님. 저희 얘기는 그게 아니고, 갑자기 하늘이가 사람을 죽였다고 하니까 그만 경황이 없어져서 여쭤본 것뿐입니다.
명광	안심하십시오. 하늘이처럼 착한 아이가 어떻게 사람을 해할 수 있겠습니까? 다만 문제는 하늘이가 너무 착해서 승연이 약혼자가 죽을 수 있는 빌미를 제공했다는 겁니다. 결코 일부러 죽인 건 아니고요. 오늘 같은 날 이런 말씀드리게 돼서 두 분께 송구할 따름입니다.
애란	빌미라고라? 그라믄, 하늘이가 뭔 일을 하긴 했다는 말씀 아닙니까? 아따, 씨벌! 저 아이가 뭔 짓을 했나요?
승연	제 약혼자와 싸웠어요. 하늘이는 아직도 절 많이 좋아하고 있었나 봐요. 하늘이 보기에 제 약혼자가 마음에 들지 않았는지 둘 사이에 그만 싸움이 벌어지고 말았어요.
철수	너 왜 싸웠어?
하늘	너무 불쌍해서. 어휴, 저 늙다리 대머리가 어떻게 승연이랑!
명광	저 친구와 승연이가 나란히 다정하게 있는 걸 보더니 갑

자기 멱살을 잡고 흔들어댔습니다.

순옥 그전에 강제로 팔씨름 벌인 것도 말 해.

애란 팔씨름이라뇨? 누구랑? 저 사람하고요?

명광 맞습니다. 그랬습니다.

애란 (하늘한테) 네가 정녕 그랬냐?

하늘이 틱 증상 탓에 이상스럽게 고개를 끄덕인다.

애란 와따메! 하늘이 얘가 가끔 우악스럽긴 하지만 팔씨름하고
멱살 잡는다고 사람이 뒈진다요? 니미, 하늘이가 빙다리
핫바지여, 이런 좆또 씨부럴!

순옥 (가슴을 움켜쥐며) 제발 그런 욕 좀 하지 마세요. 나 심장이
너무 떨려!

명광 (순옥을 진정시킨 후) 하늘어머니. 설마라도 그런 일은 있을
수 없지요.

애란 그럼 왜?

명광 하늘이가 멱살을 잡은 후에 호흡곤란, 더 상세히 말하자
면 천식발작으로 갑작스럽게 죽고 말았습니다.

철수 천식이요?

명광 네, 저 친구가 본래 그런 지병을 가지고 있었나 봅니다. 팔
씨름만 벌이지 않았어도!

철수 혹시 저거 감방 가는 거 아니여? 실수든 어쨌든 큰 사고
친 거 같은데. 저런 반푼이가 감방 가서 뭘 수로 삽니까?

이거 정말 큰일 나버렸네.

명광 별일이야 있으려고요. 하늘이가 나쁜 뜻을 가지고 있었던 것도 아니고 여기 있었던 나나 승연이, 승연 엄마가 있는 그대로 잘 이야기하면 분명히 선처 받아 별 탈 없이 끝날 겁니다.

철수 이런 일 생겼으면 진즉 경찰 부르지 않으시고?

승연 전화를 계속 했는데 안 됐어요. 여긴 전화가 잘 안 되잖아요. 안 그래도 제가 경찰에 계속 연락 취하고 있었어요.

철수 이 펜션 이름이 괜히 침묵의 집이겠어. 전화가 얼마나 안 터지면.

애란 아무리 그래도 사람이 죽었는데 어물쩍 넘어가면 안 되지라?

명광 그 지점에서 사실 저도 수없이 많은 번민을 거듭해야 했습니다. 과연 무엇이 하늘이를 위한 일일까. 제가 어렵사리 내린 결정은 역시 진실은 진실 그대로 밝혀야 한다는 것이었습니다. 하지만 섣불리 경찰을 불렀다가 혹시라도 하늘이가 불이익을 당할까 주저하고 있던 차에 두 분께서 오신 겁니다.

애란 와따메! 저희는 하늘이가 그런 줄도 모르고 맛나게 음식 먹고 있었단 말인가요? 와따메!

명광 두 분 오시자마자 바로 말씀드리지 못 한 것에 대해선 제가 거듭 용서를 구하겠습니다. 저는 다만 두 분과 함께 하는 마지막 저녁식사에 이런 불상사를 말씀드리기가 너무 어려웠습니다. 그래서 우선 식사 마친 후에 두 분과 차분히 상의할 계획이었습니다.

철수 마지막이라뇨?

명광 승연이 유학 가면 얼마 있다 저희도 캐나다에 있는 첫째네로 이민을 떠납니다. 그래서 여기 오는 것도 오늘이 마지막이라 생각하고 내려온 건데 이런 일이 생겨 안타깝군요.

철수 교수님 이민 떠나시면 저희도 이만 서서히 이쪽 정리해야 되겠네요? 헌데, (식탁을 톡톡 두드리며) 하늘이 얘가 뭔 짓을 할지 몰라서리?

명광 사실 이곳에 오기 며칠 전부터 제 안사람과 여기를 처분하는 문제에 대해 몇 차례 이야기를 나누었습니다. 그리고 오늘 아침 일찌감치 내려와 여길 둘러보면서 승연이 엄마와 이런 결정을 내렸습니다. 아주 오랜 동안 하늘이네 식구분들이 여기를 이만큼 아름답게 가꾸어 놓으셨는데 단지 우리가 한국을 떠난다는 이유로 다른 사람에게 소유권을 이전하는 것은 너무 파렴치한 짓이 아니겠느냐 하는 이런 이유로 저희 부부는 이곳을 하늘이네에게 선물로 드리고 떠나야겠다는 생각을 하게 되었습니다.

철수 여기 펜션을요? (사이) 제가 지금 뭘 잘못 들은 건가요? 그러니까 여기 펜션을 저희한테 넘겨주시겠다, 뭐 이런 말씀이신가요?

승연 네, 맞아요! 얼마 전부터 제가 아버지한테 여러 번 말씀드렸어요. 우리 떠나도 여기 잘 가꿔주셔야 해요? 한국에 잠깐씩 나오면 여기 와서 쉴 거거든요.

철수   이렇게 큰 선물을 주셨는데 우리가 뭘 못 해 드려! 하늘아! 넌 이제 아빠 다음으로 펜션 사장님 되는 거다!

하늘   (박수치며) 우와, 그럼 여기에 똥식이 데려와서 막 놀아도 돼?

철수   시끄러, 새끼야! 조용하고 어서 교수님께 인사 올려! 여기 살게 해주셔서 감사하다고 큰 절 올려, 어서! 당신도 어서!

애란   별안간 이 큰 걸 주신다니 우선 감사히 받겠습니다만 원체 뜨악스러워서. 저, 천국치킨은?

명광   물론 그것도 함께 운영하셔야죠.

하늘   우리 여기서 계속 사는 거야? 치킨집도 계속 하고?

철수   그래! 교수님께서 그렇게 다 해주시기로 하셨다니까!

애란은 목례를 하며 벌쭉거리고 하늘이는 감격에 겨운 나머지 몇 번씩 큰 절을 한다.

하늘   고맙습니다, 교수님. 고맙습니다. 저 대머리새끼 승연이 때문에 죽은 거라고 죽을 때까지 아무한테도 얘기 안 할 거예요. 자, (새끼손가락을 펴며) 약속!

모두 뜨악해 한다.

애란   너 방금 뭐라고 했어?

하늘   응? 뭐?

애란	승연이 때문에 대머리가 죽었다고 했잖아? 너 때문에 죽은 거 아니었어?
하늘	나? 아니야! 대머리가 문 열고 나오는데 승연이가.
순옥	거짓말!
승연	(웃으며) 갑자기 너 무슨 소리 하는 거야, 하늘아? 문을 누가 열었다고 그래?
하늘	대머리가 죽었다가 살아났잖아. 네가 창고문 꽉 닫고. 그래서 죽은 거 아니야?
애란	(소리치며) 네가 팔씨름하고 멱살 잡았더니 숨 막혀 죽은 거라고 교수님께서 방금 말했잖아? 맞아?
하늘	어, 어. 난 멱살만 잡았어. 경찰 오면 그렇게만 얘기하라고 교수님께서 아까 말씀해 주셨어. (안도의 한숨을 내쉬며) 내가 죽인 줄 알고 엄청 걱정했는데 벌떡 깨어났어.
애란	승연아!
승연	하늘이가 뭔가 착각하고 있는 거예요. 그렇지, 하늘아?
하늘	(퍼뜩 떠오른 듯) 대머리 아저씨 목 졸려서 죽었나?
애란	누구한테?
하늘	(순옥을 쳐다본다) 대머리 이렇게 이렇게 하다가 넥타이로 막.
순옥	난 그런 적 없어!
철수	(하늘에게) 동작 그만!
애란	교수님! 우리 하늘이한테 대체 뭘 뒤집어씌우려 하시는 겁니까? 네? 저기 있는 사람 하늘이 때문에 죽은 거 아니죠?
승연	아주머니, 우리 지금 하늘이 때문에 너무 어려워요. 저기

있는 분 저와 결혼할 사이였어요. 느닷없이 하늘이 끼어들어서 다 이렇게 된 거라고요.

애란   어쨌든 하늘이가 죽인 건 아니잖아?

순옥   그럼 누가 죽였다는 말이야? 우리가 죽였다는 말이에요?

철수   그럴 리야 있겠습니까마는 뭐가 뭔지 도통 헷갈려서.

명광   분명합니다. 방금 승연이가 말한 그 이상도 이하도 아닙니다. 금방 드러날 거짓말을 제가 왜 하겠습니까? 하늘어머니! 온전치도 못한 하늘이 이야기를 듣고 이렇게 우릴 의심하셔야겠습니까? 좋습니다. 경찰 오면 모두 다 밝혀지겠죠. 저기 죽은 사람 목 부위에 하늘이 손자국이 남아있을 겁니다. 의심돼서 그런 것까지 밝혀야 한다면 그리 하죠. 대신 방금 전 제가 한 말은 모두 없던 일로 하겠습니다.

철수   중대장님! 그 옛날 저에게 남아일언중천금이라 교육했지 않았습니까!

명광   제 호의를 이렇게 짓밟아도 되는 겁니까? 참 섭섭합니다. 앞으로 두 분께서는 하늘이가 지금까지 여기서 말한 거짓말에 대해 분명한 책임을 지셔야 할 겁니다. 자식 교육 똑바로 시키십시오.

애란   교수님! (희미하게) 하늘이가 그런 게 분명하구먼요. 잘못했습니다.

명광   모두 당장 돌아가 주세요. 경찰 오면 바로 연락드리겠습니다.

철수   아닙니다. 제가 해결하겠습니다. 중대장님! 그 옛날에도 제가 충성 빼면 시체였지 않습니까? 죄송합니다. 우리 하늘이 때문에 이런 사달이 벌어져서. 더 이상 헛소리 못하게 지금 당장 저놈 정신을 싸그리 개조해 놓겠습니다. 정, 신, 통, 일!

하늘　엄마! 나 좀 살려줘!

애란은 묵묵부답인 채 하늘의 호소를 외면한다.

철수　동작 그만! 중대장님을 향하여 받들어 총! 충성! 행진 중에 군가 한다. 멋있는 사나이! 멋있는, 멋있는, 사나이, 사나이!

하늘이가 겁에 질려 군가의 후렴구를 따라 부르며 철수를 따라 정원 쪽으로 간다. 철수는 정원 구석을 뒤져 정원수 받침목을 가져온다.

철수　엎드린다! 계속해서 군가복창!
하늘　싸움에는 천하무적! 사랑은 뜨겁게, 사랑은 뜨겁게! 바로 내가 사나이 멋진 사나이!
철수　바로 내가 사나이, 멋진 사나이! 아악! 빠따에 맞춰 복창한다, 실시!

철수가 받침목을 휘두르자 하늘의 허벅지에서 퍽 하는 둔탁한 소리가 들린다.

하늘 (퍽퍽 거리는 소리에 맞춰 숫자를 센다) 으윽! 하나! 으윽! 둘! 셋!

멀리서 피아노가 큰 소리로 울려온다.

승연 시끄러! 다 거짓말이야!
명광 뭐가?
승연 전부 다!
명광 전부 다 뭐? 뭐가 거짓말인지를 분명하게 말해 봐. 네가 살아온 인생과 앞으로 네가 살아갈 인생 전부를 걸고 말을 해! 어서!

승연이 슬며시 고개를 돌려 피아노 소리가 들려오는 쪽을 바라본다.

철수 왜 거짓말했어?
하늘 거짓말 안 했어!
철수 이 새끼! 숫자 세!
하늘 (울며) 넷! 다섯! 여섯!

고개를 숙인 채 웅크리고 있던 애란이 철수에게 달려들어 받침목을 뺏는다.

애란　　그렇게 때려서 얘가 바른 소리를 하겠니? (더 심하게 하늘이를 때리며) 저 새끼 누구 때문에 뒈졌어?

하늘　　일곱! 으윽! 여덟! 나 때문에. 나하고 팔씨름해서.

애란　　다시 똑바로 얘기해! 저 새끼 왜 죽었어?

하늘　　아홉! 열! 내가 팔씨름 한 다음에 멱살 잡아서 죽었어.

애란　　경찰이 물어보면 정직하게 얘기할 거야?

하늘　　응. 나 때문에 숨 막혀서 죽었다고 똑바로 얘기할 거야.

애란이 매질을 멈추고 주방으로 들어간다.

철수　　이놈의 새끼, 이제야 올바른 소릴 하네. (명광에게 굽실거리며) 앞으로도 다시는 거짓말 못하도록 제가 저놈 버르장머리를 단단히 고쳐놓겠습니다. 교수님께서 베푸신 은혜 죽도록 갚아야죠. 여기 이 펜션이 누구 것이 되던 그것이 뭐가 중요하겠습니까. 전 여기서 지금처럼 오순도순 살기만 하면 됩니다.

명광　　우리 인생 앞으로 한창 남아 있습니다. 무엇이 옳고 그른지 면밀히 판단하고 결정하셔야 합니다. 그렇지 않으면 앞으로 함께 하기 어려워집니다.

철수　　여부가 있겠습니까? 경찰 와도 아무런 문제없게 제가 저놈 단단히 단도리 치겠습니다. 염려 꽉 붙들어 매십시오.

애란이 집에서 가져온 술병을 들고 주방에서 나온다.

애란 (서울 말씨 큰소리로) 교수님네 식구분들께서 제 아이 때문에 심려가 얼마나 크셨겠습니까? 제가 사죄의 의미로 한잔 따라 올리겠습니다. 이게 직접 담근 전통소주라 뒤끝이 굉장히 좋습니다.

순옥 월세 밀릴 때부터 다 알아봤어. 진즉 내보냈으면 이런 일 없었잖아. 배은망덕도 유분수지. 오냐오냐 잘 해 주니까 아주 머리끝까지 기어오르네! 버러지 같은 것들이! (처음 하는 것처럼 소심하게 침을 뱉는다) 퉤!

애란 죄송합니다! 옛정으로다가 한번만 용서해주소. (술병을 나발 분 후 명광에게 술병 채 건네며) 교수님도 이렇게 한 모금 해보소. 가슴이 뻥 뚫려버려요.

명광 이게 지금 뭐 하시는 겁니까? 예의 없게.

애란 버러지들은 이렇게 술을 마십니다, 교수님. 양해해 주쇼잉. 버러지 같은 것들이 지 분수도 모르고 감히 기어올라 버렸어라.

고개를 숙여 인사하던 애란이 순식간에 술병으로 명광의 머리를 후려친다. 충격을 받은 명광이 방향감각을 상실한 채 비척거리다가 건물 바깥으로 도망치려는 듯 현관 쪽으로 걸어 들어간다. 애란이 쫓아 들어가려할 때 명광이 골프채를 들고 다시 나온다. 이윽고 애란에게 골프채를 휘두르려는 순간 철수가 막아선다. 명광이 철수를 공격하자 둘 사이에 격렬한 몸싸움이 벌어진다. 순옥은 둘의 싸움에 휘말리지 않으려 테이블 밑으로 숨는다. 싸움의 기세에 밀려 엉거주춤 쫓겨 다니던 애란이 순옥을 찾아다니다가 느닷없이 피아노를 난타한다. 겁에 질린 하늘이 승연을 붙들고 놓지 않는다. 승연이 하늘이를 떨쳐내고 받침목을 들어 명광을 공격하고 있는 철수를 내리친다. 철수가 받침목을 빼앗아 승연을 후려친다. 얼굴을 얻어맞은 승연이 기절해 쓰러진다. 명광과 철수는 치열한 격전 끝에 서로에게 치명상을 가하고 거의 동시에 죽어간다.

명광　철수 너 이 새끼… 하극상이냐?

철수　엔간히 하셔야지… 엔간히! (겨우 고개를 들어) 여보!

애란　네가 쟤를 그렇게 패고도 모자라 또 패냐? 반푼이 만들어 놓은 것도 성에 안 차? 넌 최명광 똥구멍에 붙은 기생충만도 못한 놈이야! 나도 모자라서 네 아들놈까지 팔아먹으려고 그러냐? (포크로 철수의 목을 찌른다) 참으로 후끈하고마잉! (한복 저고리를 벗는다)

하늘　(애란에게 기어가서) 엄마, 무슨 소리야, 방금?

애란이 하늘에게 케이크를 먹여준다.

하늘　엄마!

테이블 아래에서 순옥의 휴대폰 벨소리가 울린다.

순옥　(빠져나오며) 나 어떡해?

애란   (들고 있던 케이크 접시를 내밀며) 이거 같이 드소.

순옥   (다가오는 순옥을 보며) 가까이 오지 마!

애란   잉? 잉?

순옥   여보! (다급히 전화를 걸며) 여, 여보, 여보세요?

애란   이잉, 전화! 거 하려거든 개울 건너 저쪽 가셔야 하는디?

순옥이 겨우겨우 몸을 일으켜 혼신의 힘을 다해 정원 밖으로 빠져나간다. 애란은 자기 목을 닭처럼 까딱까딱 하면서 순옥을 쫓아 밖으로 나간다.

애란   (낮은 소리로) 꼬꼬댁, 꼬꼬댁!

하늘   (쫓아나가며) 엄마! 엄마!

번개와 천둥이 내리친다. 얼핏 정신을 차린 승연이 주변을 둘러본다.

승연   아무도 보면 안 돼. (고개를 주억거리며) 그래. 저기다 넣어놔야겠다. (철수의 시신을 끌어 창고 쪽으로 옮기려 하지만 움직이지 않는다) 왜 이렇게 무거워!

승연이 철수의 시신을 굴리다가 식탁을 끌어다 덮는다. 시신을 감추다 탈진해버린 승연이 식탁 위에 뻗어버린다. 잠시 후 세찬 폭우가 퍼붓는다. 양손을 모아 빗물을 받아 마시다가 입을 벌려 빗물을 직접 받아 먹는다. 빗물이 잘못 들어갔는지 사레가 걸려 심한 기침을 내뱉다가 눈물콧물 범벅이 된다. 비에 흠뻑 젖은 하늘이 들어온다.

하늘　승연아, 큰일 났어, 큰일!

승연　(불현듯) 엄마는?

하늘　목매달았어.

승연　우리 엄마?

하늘　아니, 우리 엄마. (팔을 휘저으며) 이렇게 막 버둥거려. 무서워서 도망쳤어.

승연　그럼 내 엄마는?

하늘　소, 소, 소용돌이에 떠내려갔어. 우리 엄마 피하려고 요 앞 개울가 건너다가.

승연　하늘아, 이게 비야, 피야?

하늘　피비?

승연　피비! 옷에 핏물 배면 어쩌지?

하늘　정말 큰일 났네, 큰일!

승연　뭘?

하늘　(빗소리 때문에 큰 소리로) 저, 승연아. 내 얘기 빼줄 수 있어?

승연　뭔데?

하늘　동굴에서 소꿉놀이 하는 거 봤던 거.

승연　뭐! 그건 왜?

하늘　내가 차, 착각했나봐.

90

승연   동굴 안에 있던 사람 누구야?

끼이익거리는 소리가 또 들린다. 잠시 후 건물 외벽이 무너지며 하늘을 덮친다. 넋이 나갔는지 하늘이 히죽거린다.

승연   동굴에 있던 사람 누구냐니까?

하늘   (잠시 숨을 고른 후) 최, 최, 최 교수님!

승연   여자는?

하늘   (승연을 멍하니 바라본 후) 엄마!

승연   어! 아빠 말이 맞았네?

하늘   아니, 엄마. (사이) 우리 엄마였었나? (벌큼벌큼 웃으며) 헷갈리네, 하도 오래돼서, 흐흐흐!

승연   큰일 났군! 큰일 났어, 큰일 났네!

하늘   난 너 감방 가는 거 싫어.

승연   쉿! 비밀.

하늘   (고개를 끄덕이며) 내가 한 얘기 빼야 돼? (창고를 가리키며) 나도 네가 저 문 꽉 닫으려 했던 거 절대 얘기 안 할게, 응?

사이. 한없이 긴 정적을 깨부술 듯이 다시 비가 퍼붓는다. 승연이 마구 웃는다.

하늘   왜 웃어? 왜 웃었어?

승연   우리 아빠 개구리 같지 않니? 청개구리! (계속 웃으며) 너도 청개구리 똑 닮았어.

하늘　(덩달아 웃으며) 내가?

승연이 돌연 골프채를 휘둘러 하늘을 내리친다. 하늘이 승연에게서 골프채를 빼앗아 내동댕이친다. 승연이 명광의 시신을 연못에 빠트린 후 수초넝쿨 등으로 덮는다.

승연　(필사적으로) 우리 결혼할래?

하늘　(펜션을 떠나려다가 문득 멈춰선 채) 진짜?

승연　진짜.

하늘　(너무 신나서 희번덕이며) 진짜? 진짜? 진짜!

승연　진짜!

통나무 쓰러지듯 승연이 연못 속으로 고꾸라진다. 그악스러운 개구리 울음소리가 펜션 안팎을 뒤덮는다.

막.

한국 희곡 명작선 147

빌미

초판 1쇄 인쇄일   2023년 11월 20일
초판 1쇄 발행일   2023년 11월 29일

지 은 이   최원석
만 든 이   이정옥
만 든 곳   평민사
　　　　　서울시 은평구 수색로 340 〈202호〉
　　　　　전화 : 02) 375-8571 / 팩스 : 02) 375-8573
　　　　　http://blog.naver.com/pyung1976
　　　　　이메일   pyung1976@naver.com
등록번호   25100-2015-000102호
ISBN　　 978-89-7115-112-9   04800
　　　　　978-89-7115-663-6   (set)
정 　 가   9,500원

이 책은 사단법인 한국극작가협회가 한국문화예술위원회의 2023년 제6회 극작엑스포
지원금을 받아 출간하였습니다.

한국 희곡 명작선